2
Author
Illust
JN075818

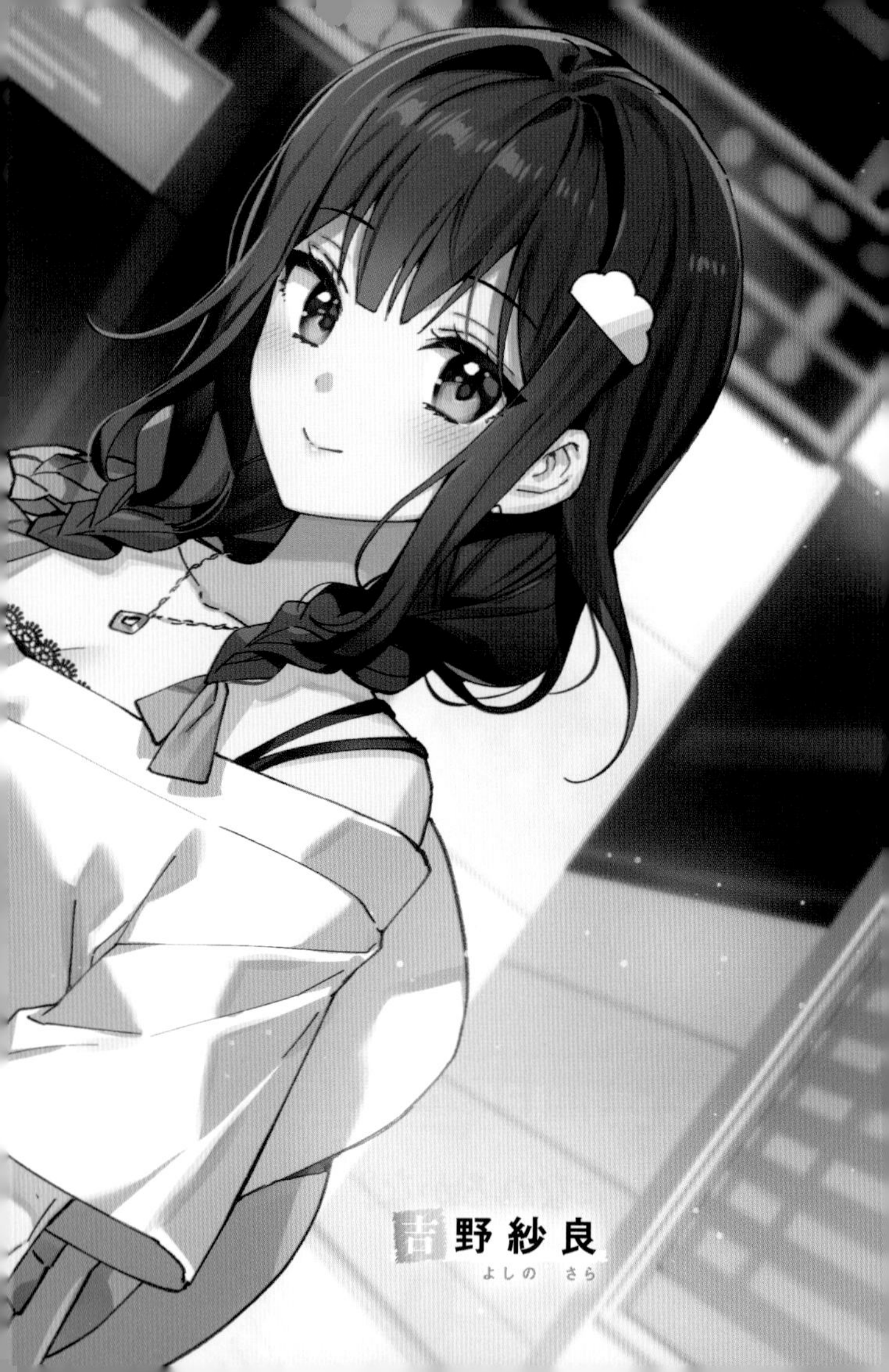

吉野紗良
よしの　さら

「何度だって
一緒にお出かけできるから、
色んな服着るね？」

「もっともふもふした
可愛いパジャマ、
辻尾くんに見て欲しいのに」

「（夜はふたりで
ゆっくりしたいから、
今頑張って？）」

辻尾陽都
つじお あきと

CONTENTS

Author コイル Illust Nardack
2
いつもは
真面目な委員長だけど
キミの彼女に
なれるかな？

第1話　立ち入れない場所

「うへえ、疲《つか》れた」

俺は肩《かた》にズシリとめり込むカバンを持ち直した。

体育祭が終わった。突然《とつぜん》アンカーに指名されてしまった吉野《よしの》さんを必死に探してキスをして……共に走った。一位になった喜びと、屋上で抱《だ》きしめた柔《やわ》らかさと、甘い香りが忘れられなくて身体《からだ》が熱い。でも……さすがに疲《つか》れた。

自宅最寄《もよ》り駅《えき》の改札を出ると線路の向こうに紫色《むらさきいろ》の空が見えた。まだ明るいのに、もう夜の準備が始まってる時間。

歩き始めると目の前にある小さな川から草《くさ》が腐った臭《にお》いがしてきた。俺は川沿いを見て「あぁ、この時期か」と思う。

ここの駅前には小さな川が流れている。その川の横に桜の木が植えてあり、雑草が生《お》い茂《しげ》る。だから桜が落ち着いたこの時期に、雑草を業者が一斉《いっせい》に刈《か》り取《と》る。

その作業が終わった直後は、この生きたままざっくり切り落とされたみたいな臭《にお》いが充満《じゅうまん》する。俺はこの臭《にお》いが苦手で早足で川沿いを遠ざかった。

不登校になったのが中三のこの時期で、行く場所がなく、川沿いにあるベンチに座っていた。学校帰りの子たちを見ていると、当たり前のことができてない自分が情けなかった。でも家にいると母さんの視線が気になり、ただひっそりとベンチに座っていた。

友達と笑いながら帰っていく子たちを見て、どうして自分だけこんな所にいるのか分からず、ベンチの横に生えていた雑草を手で引きちぎった。

あの頃《ころ》を思い出すと苦しくて、喉《のど》の渇《かわ》きを感じて水筒《すいとう》を手に取ったが、もう空だった。

すぐ横にあるコンビニを見たが、ここもあまり良《い》い思い出がない。

もう帰ろうと駅前に停《と》めていた自転車に跨《また》がり、家に帰った。


「おかえり、陽都《あきと》〜！　おつかれさま！　先にお風呂《ふろ》に入る？　それともご飯食べる？」

家に帰ると母さんがすごいテンションで迎《むか》えてくれた。

俺を台所に連れていき、一眼レフに保存されている写真を強引《ごういん》に見せる。

「見て！　ほら、陽都《あきと》が一番で走ってるところ、完璧《かんぺき》に撮《と》れたのよ！」

そこにはリレーで一番前を走っている俺がかっこ良く写っていた。

でも同じような写真が何十枚と撮《と》られている。俺はスクロールしながら、

「すごいけど……何枚撮《と》ってるの、これ」

「見て！　委員会してる所も撮《と》れたの。障害物競走の時、目の前に私がいたの分かった？」

「分からないって」

学校のイベントに母さんが来て、ものすごい量の写真と動画を撮《と》るのは昔からのお約束だ。

喜んでくれるのは分かるし、走るのは得意なので嬉《うれ》しいけれど、そろそろ恥《は》ずかしい。

中園《なかぞの》や日比野《ひびの》の家は応援《おうえん》に来てない（来させない）と言っていた気持ちがよく分かる。

逃《に》げるように着替《きが》えてくると伝えて部屋に入ると、俺が配達のバイトしてる唐揚《からあ》げ店の店長からLINEが入った。今日の体育祭、店長は、ばあちゃんを競技場に連れてきて日陰《ひかげ》でずっと一緒《いっしょ》にいてくれた。本当に助かる。LINEの内容はばあちゃんを家に送り届けたという事と、すごく褒《ほ》めていたという事だった。同時に俺と吉野《よしの》さんがリレーの時にハイタッチしてる写真が送られてきた。吉野《よしの》さんのハチマキが揺《ゆ》れていて、俺も最高の笑顔《えがお》をしている。指先が絡《から》んでいてすげー良《い》い写真だ。売ってるヤツみたい。

『店長、おつかれさまでした！　写真すごいですね、ありがとうございます』

『おつかれ！　もう俺、絶対こういう写真撮《と》ろうって思って待ち構えてたもん、上手《うま》いだろ！』

『いや、すげー良《い》いです』

特に吉野《よしの》さんが……と書き込もうとしたら、すぐに店長から『紗良《さら》ちゃんの笑顔《えがお》が最高だろ?!』と入った。

はい、そうです、その通りだと思います。俺はすぐにLINEから写真フォルダに保存した。

写真を拡大して見ていると店長から再びLINEが入り、

『写真プリントして渡《わた》したいから、今度店に紗良《さら》ちゃん呼んでや！　俺の特製カレーを食べさせてあげたいわ』

『ええ……あの雑草の香りがしてなんだか知らないけど三段階アタックで辛《から》くなるカレーですよね？　吉野《よしの》さん大丈夫《だいじょうぶ》かな』

『特製ラッシーも付けたるから！』

『わかりました。写真は絶対喜ぶと思うので、聞いてみます』

俺はそう答えてスマホを置き、着替《きが》えをはじめた。

吉野《よしの》さん辛《から》いもの大丈夫《だいじょうぶ》かな？　着替《きが》えて吉野《よしの》さんにLINEを打つ。

『帰って来た。吉野《よしの》さんはまだ外？』

『私もさっき帰って来たところだよー！　スーパーでスパイシーチキン安くなってたから、買ってきちゃった』

俺はその内容をみて、さっき店長に誘《さそ》われたことを話した。吉野《よしの》さんは『辛《から》いもの大好きだよ！』と快諾《かいだく》してくれた。良かった、けど、店長が食べさせてくるスパイス料理は毎回強烈《きょうれつ》で、このカレーも食べると身体《からだ》が熱くなって汗《あせ》が噴《ふ》き出《だ》す。大丈夫《だいじょうぶ》かなと思いつつ、吉野《よしの》さんが俺のバイト先に来て、一緒《いっしょ》に辛《から》いものを食べるのも楽しいなと思う。画面を見ていたら、今度はメッセージではなく、吉野《よしの》さんからLINE電話がかかってきた。

『えへへ。やっぱり声が聞きたくて。電話大丈夫《だいじょうぶ》？』

「大丈夫《だいじょうぶ》だよ」

俺はそう言ってベッドに座った。吉野《よしの》さんは明るい声で、

『もうご飯も炊《た》いたし、今からお風呂《ふろ》入って、好きにご飯食べるの。疲《つか》れて帰って来て家に誰《だれ》も居ないの、最高！』

それを聞いて俺は目を細めた。吉野《よしの》さんは体育祭の後、いつもお母さんたちと一緒《いっしょ》に食事会に連れて行かれていた。

でも今日はじめて「行かない」と言えたと言っていた。そしてそれは「俺のおかげ」だとも。

「疲《つか》れてるとゴロゴロしたいよな」

『本当にそう！　あ、お風呂《ふろ》沸《わ》いたみたい。あのね、この後お母さんたちが帰って来て、きっと食事会断った話されるの。正直今から気が重くてね。きっとションボリすると思う。だから明日学校の秘密の屋上で、一緒《いっしょ》に……少しでもふたりになりたいな』

それを聞いて俺はスマホを抱《かか》えてベッドの上でゴロゴロしてしまう。

秘密の屋上！　委員会の時に内田《うちだ》先生から頼《たの》まれて偶然《ぐうぜん》出入りするようになった場所だけど、そんな風に言われてしまうとものすごく特別でメチャクチャ嬉《うれ》しい。吉野《よしの》さんは続ける。

『お母さんにも皆《みんな》にも秘密だけど……辻尾《つじお》くんは私のはじめての彼氏《かれし》だもん。明日甘えられるって思ったら頑張《がんば》れるから』

はじめての彼氏《かれし》。こんな甘美《かんび》な言葉……俺は嬉《うれ》しくなって、

「吉野《よしの》さんは俺にとって、はじめての彼女、だよ」

『えへへへ、彼女。えへへへ、嬉《うれ》しいな』

その言い方が可愛《かわい》くて、どんな顔をして言っているのだろうと思う。俺は姿勢を正して、

「明日のお昼、屋上で会おうよ。会いたい」

『お昼食べたあと！　お互《たが》いにこっそり抜《ぬ》けてこない？　駄菓子《だがし》持参で！』

「お。それは良《い》いね、了解《りょうかい》」

そう言って俺たちは電話を終わらせた。

駄菓子《だがし》持参。駅前にある水風船を買った店に行ってこようかな。何を買おうかな、吉野《よしの》さんは何を買ってくるかな？　はじめての彼氏《かれし》……はじめての彼女……幸せな会話を思い出して浸《ひた》りたいのに一階からひたすら「陽都《あきと》！」と俺を呼ぶ声がする。母さんが「お風呂《ふろ》に先に入ったら？　ご飯仕上げるから！」と叫《さけ》んでいるのだ。

駄菓子《だがし》屋に行くために外に出るとまた汗《あせ》をかくから、行くなら先に行きたい。いやでも腹が減ったな。というか母さんがメチャクチャうるさい。今考え事してるんだからちょっと黙《だま》ってほしい。ドスンと音を立ててベッドから下りた。一階に向かって文句を言おうと思って……でも吉野《よしの》さんは自分で夕食を準備して、自分で風呂《ふろ》を準備しているのか……と思い直す。

「先に風呂《ふろ》入るわ。お腹空《なかす》いた」

「おっけー！　今日はすき焼きよ。美味《おい》しいお肉を買っておいたの」

「腹減った」

そう言って俺は風呂《ふろ》に入ることにした。

吉野《よしの》さんと屋上で駄菓子《だがし》パーティー。それは絶対楽しい。

昼飯はいつも中園《なかぞの》と食べていたんだけど、最近は水風船をマスキングするアイデアを出してくれた平手《ひらて》も一緒《いっしょ》に食べている。本当は吉野《よしの》さんと一緒《いっしょ》に屋上で食べられたら最高なんだけど、ふたりに「別の場所で食べる」とも言えない。

それにそんなこと言ったら「どこで？　誰《だれ》と？」になるに違《ちが》いない。

あそこは俺と吉野《よしの》さんだけの場所だ。

頭を洗いながら「駄菓子《だがし》、何買って来ようかな」と考えた。楽しみすぎる。

第2話　私ってどんなカタチ？

「よしっと。ご飯も炊《た》けてる。あー、気持ち良かった。おっと、温めちゃお」

私はお風呂《ふろ》から出て濡《ぬ》れた髪《かみ》の毛《け》を拭《ふ》きながら、買ってきたチキンをトースターに入れた。

そしてリビングのソファーに座って冷たいお茶を飲む。

少しだけ開けてある窓から夜のひんやりとした風が入ってきて背を伸《の》ばす。

いつも髪《かみ》の毛《け》は洗面所で乾《かわ》かすし、下着姿でダラダラしない。でも今日はお母さんも友梨奈《ゆりな》もいないし、なにより体育祭を終えた充実《じゅうじつ》感がすごくて、開放的なことをしたくなった。

リビングのソファーはいつもうちに来る議員さんたちが座る場所だ。

そこに下着姿で転がってるのが気持ち良い……けれど、このタイミングでお母さんが帰ってきたらすごく怒《おこ》られそうだから服は着よう。

髪《かみ》の毛《け》が乾《かわ》く頃《ころ》には買ってきたチキンが温まっていて、炊《た》いていたご飯とインスタント味噌《みそ》汁《しる》を準備して食べた。

はじめて買ってきたけど、トースターで温めると表面がカリカリになって美味《おい》しい。

もちろんお母さんたちと食事会に行ったほうが美味《おい》しいものが食べられることは分かってるけど、正直お風呂《ふろ》に入って、ひとりでゆっくり自分が食べたいものを食べるほうが幸せだ。

食事を終えて食器を片付けていたら、玄関《げんかん》の鍵《かぎ》が開く音がして、少しドキリとする。

お母さんと妹の友梨奈《ゆりな》が帰って来た。

友梨奈《ゆりな》は私が苦手な食事会を毎回楽しみにしている。彼氏《かれし》の匠《たくみ》さんに会えるのも大きいらしいけど、なによりそこで行われる討論が楽しいらしい。何から何まで完璧《かんぺき》すぎる。今日も笑顔《えがお》で両腕《りょううで》に買い物袋《ぶくろ》をぶら下げた状態で元気いっぱいだ。

「お姉ちゃん、ただいま――！」

「おかえり。それ買ってきたの？」

「ううん、たっくんがプレゼントしてきたの。ていうか毎回服をくれる男子についてお姉ちゃんはどう思う？」

「うーん。俺色に染まれ？」

友梨奈《ゆりな》はパチンと手を叩《たた》いて私を指さした。

「そうなのよ！　ちょっとそれってめんどくさくない？どー思う？」

「友梨奈《ゆりな》に着て欲しかったんじゃない？」

「そりゃそーだけどさあ〜。ねえお母さん、私たっくんダメだったら普通《ふつう》に別れるからね」

そこに手を洗ったお母さんが来て、

「ちゃんと話したの？　どんな理由があって服をくれているのか聞いてみればいいじゃない」

「確かに〜。んじゃ聞いてみる」

そういって友梨奈《ゆりな》はすぐに電話しながら部屋に消えていった。

なんというか……友梨奈《ゆりな》は本当に強い。友梨奈《ゆりな》が付き合っているのはお母さんの仕事の先輩《せんぱい》、市議会議員の藤間《ふじま》さんの息子《むすこ》……匠《たくみ》さんだ。

私がそんな人と付き合ったら「ダメなら別れる」なんて選択肢《せんたくし》は絶対にない。だって期待されていることがすべて分かってしまうからだ。

藤間《ふじま》さんのお父さんは次の市長選に立候補を考えている。そしてお母さんは国会議員に挑《ちょう》戦《せん》するため、藤間《ふじま》さんの応援《おうえん》に回るだろう。藤間《ふじま》さんは男女関係なく支持者が多いお母さんを敵にしたくない。いずれ地盤《じばん》を継《つ》がせる匠《たくみ》さんは、今大学で弁護士資格を取るために勉強していると聞いた。そして医者を志す優秀《ゆうしゅう》な友梨奈《ゆりな》。

自分の息子《むすこ》と地盤《じばん》を取られたくない女の娘《むすめ》が結婚《けっこん》したら、地位は安泰《あんたい》だ。

望まれてる事が分かるし、私は望まれた姿を演じてしまうから、絶対に近付きたくない。

でも友梨奈《ゆりな》は前「たっくんの顔がめっちゃ好み。すごい好きな顔！」と本人を前に公言していたのもあり、あの食事会を出会いの場として考えている。

食事会で顔？　あの会で人の顔など気にしたことがない。

同じ場所にいるのに、見てる世界が違《ちが》いすぎて驚《おどろ》いてしまう。

食器を片付け終わってリビングに戻《もど》ると、お母さんは私の前に小さな箱を出してくれた。

開くとそこにはプリンが入っていた。

「お店で出たものを包んで貰《もら》ってきたの。今日頑張《がんば》ってたし」

「……ありがとう」

「紗良《さら》プリン好きでしょう？　だからどうぞ」

食べ始めると、それは本当に美味《おい》しいプリンで、辛《から》いものを食べた後には最高に合った。

お母さんはスマホを見ながら、

「それだけ食べられるなら、疲《つか》れは取れたの？　藤間《ふじま》さんが紗良《さら》のためにお店を予約してくれたから、それだけでもと思って貰《もら》ってきたわ」

心臓がドクンと痛む。

……はじまった。

やっぱり行かなかったことをチクチクと針で刺《さ》すように言われはじめた。いつもこう。

お母さんの意志に反した瞬間《しゅんかん》は涼《すず》しい顔で「良《い》いわよ」というのに、その後に言うことを聞かなかったことへの制裁をされる。チクチクと言葉で、行動で。細く長く罪悪感を植え付けてくるのだ。これがイヤで、だったらもう最初から全部分かっているのだからと先回りして言うことを聞いてしまう。

でもそうやって続けていたら、要求はエスカレートするのみ。

分かってても、イヤなら言わないと。

身体《からだ》の周りにある空気を、細く長く吸い込んで顔を上げる。

「体育祭の時は疲《つか》れてるし、制服の中に体操服も着てるし、はやく帰りたいの」

「それはただの準備不足ね。着替《きが》えを持参して食事会の前に着替《きが》えれば良い。自分ができることをせず、人の好意を無下《むげ》にするのは失礼にあたるわ。藤間《ふじま》さんたちは頑張《がんば》った紗良《さら》を褒《ほ》めたくてわざわざお店を予約してくれてたのに、当人の紗良《さら》が来ないなんて」

私が居ても居なくても関係が無いのは、今まで何度か参加してるから知っている。

最初に「おつかれさま」と言われるだけで、すぐに仕事の話が始まるのだ。そして友梨奈《ゆりな》と匠《たくみ》さんはふたりで席を外すことも多い。

残された私だけが疲《つか》れた身体《からだ》で言葉を吐《は》き出《だ》し相槌《あいづち》を打つ。それが体育祭のあとの食事会だ。

正直二度と行きたくない。プリンを食べたスプーンをクッと握《にぎ》って顔を上げる。

「私ね、お母さんの仕事関係の人と食事するのは、ちょっと苦手なんだ」

「本当にそうなのね。食事の何が嫌《いや》なの？」

「話しながらより、ひとりでゆっくり食べるほうが好きなの」

「ひとりで食べる気楽さも分かるけど、就職したら、誰《だれ》かと食事なんて日常よ。仕事先の人とも食事が嫌《いや》とかいうつもりなの」

私は指先にスプーンが刺《さ》さるほど強く握《にぎ》る。こうやって自分の気持ちを通すのを、通さないより楽だと思わない。

その後が辛《つら》い。言う、ちゃんと言う。

「お母さんの仕事先の人で、私の仕事先の人じゃないから」

「なるほど。それはその通りだわ」

お母さんはあっけらかんと頷《うなず》いた。

それは本当に「ああそうね」という簡単な表情で、まるで仕事先の人と話すような単純明快な返し方で。

その表情に私は少し驚《おどろ》いてしまう。それでも来いと、私の仕事相手の人をないがしろにするなと言われるのだと思った。

言われ、ない……、の？　ひょっとして私の立ち位置みたいなものを明確に示せば、そこまで否定されないの？

今まではダメで、この主張が通った理由は？　頭の中で思考がグルグル回る。傷つかないように先を読みたい、そればかり考えてしまう。

耳元に心臓があるようにバクバクとうるさくて息が苦しい、怖《こわ》い。

お母さんは上着を脱《ぬ》いで、

「人生は出会いで決まるのよ。人と出会うことで多様な価値観を知り、世界を広げ、新たな一歩を踏み出《だ》すことができる。今度お寺で清掃奉仕《せいそうほうし》があるから一緒《いっしょ》にどう？　それなら平気？」

「あっ……はい……」

「紗良《さら》にはもっと世界を広げてほしいと思ってるの。とりあえずお風呂《ふろ》入らせてもらうわね」

お母さんはそう言ってリビングから出て行った。

……なるほど。仕事じゃない。他の価値観を示して、それに対して付加価値をつけて、意味があるから来い……ってされちゃうのか。

世界を広げるなんて、家でひとり、チキン食べているほうが気楽な私には向いていると思えない。狭《せま》い世界で、好きな人たちだけに囲まれて生きていきたいと思うのは、間違《まちが》っているのだろうか。

「はあ……」

血が出そうなほど握《にぎ》りしめていたスプーンをやっとテーブルの上にカランと投げ捨てた。お母さんに意見したことなんて無くて、息が苦しくてクラクラする。今すぐ「やっぱり全部言うことを聞きます、だから見捨てないで」と泣きつきたくなるほど怖《こわ》い。

でも、そうじゃない。

それにちゃんと筋道を立てて意見を述べれば全部否定されるわけではない事も知った。

スマホを取りだして辻尾《つじお》くんとのＬＩＮＥ画面を開いた。

頑張《がんば》るから一緒《いっしょ》にいてほしい、私を甘やかして？

第3話　屋上で駄菓子パーティーを

「どうしようもなくダルい。一日外で走り回って、あげく燦々《さんさん》と太陽浴びた疲《つか》れが、一日で取れるはずが無い。むしろ今日のがダルい」

ヨタヨタ歩きで登校してきた親友の中園《なかぞの》はすぐに机に倒《たお》れ込んだ。

土曜日が体育祭だったので、月曜日の今日は普通《ふつう》授業だ。

大きなイベントが終わった後の学校は、まだどこか浮《うわ》ついていて、少しクラスの空気が違《ちが》う。開いていた窓から熱い空気が入ってきて、それを閉じる。教室のクーラーがそろそろ効いてくる時間だ。体育祭が終わったタイミングで学校の春が終わって、夏の準備が始まる。

俺は下敷《したじ》きで顔に風を送りながら、

「体育祭程度の疲《つか》れなんて、一日で取れるだろ」

俺も日曜日に少し身体《からだ》が痛んだけど、ストレッチをしたらすぐに治った。

中園《なかぞの》はカッと身体《からだ》を持ち上げて俺のほうを見て、

「筋肉が！　俺にもあるって！　主張してる！　痛い！」

「筋肉痛が中一日空けてくるのヤバいだろ。俺の母さんと同レベルだ」

「お前のかーちゃんと一緒《いっしょ》にするなよ。あー、もうダメだーいててて……」

そう言って再び机に倒《たお》れ込んだ。

今日の朝、母さんが「キタ！　一日遅《おく》れの筋肉痛！　今年も中一日で来たからまだ若い！」と叫《さけ》んでいて、何を言ってるんだろうと思ったけれど、父さんは中三日で筋肉痛になると言っていた。そんなに空いたら体育祭が関係あるか、分からなくない？

「おはよう中園《なかぞの》くん！　筋肉痛には追い運動だよ、痛いときに少し身体《からだ》動かすとすぐに楽になるんだから」

そう言ったのは、体育祭で転んで怪我《けが》をした熊坂《くまさか》さんだった。松葉杖《まつばづえ》をついてゆっくりと近付いてくる。中園《なかぞの》は身体《からだ》を起こして、

「おお、熊坂《くまさか》、足大丈夫《だいじょうぶ》か」

「うん！　病院で検査したら、軽い捻挫《ねんざ》で二週間で治るって」

「そりゃ良かった。地区大会間に合うんじゃね？」

「そうなの！　私の地区大会のこと覚えててくれたの？　すごく嬉《うれ》しい！」

髪《かみ》の毛《け》を耳にかけながら、中園《なかぞの》の横の机に腰《こし》掛けた。

熊坂《くまさか》さんは体育祭で延々と「二週間後に地区大会があるのにー！」と叫《さけ》んでいたので、正直俺でも覚えている。中園《なかぞの》はあえてそれを言わず、

「練習してて出られないのはキツいっしょ。軽く済んだなら良かったね」

「そうなのー！　でも松葉杖《まつばづえ》ってすごく動き難《にく》くって、朝とか電車本当に大変だったー。もうラッシュとか無理すぎるー！」

「松葉杖《まつばづえ》でラッシュはさすがに無理だろ」

「そうなの、そうなのー！」

俺はスマホをいじりながらその会話を聞いていた。熊坂《くまさか》さんは中園《なかぞの》と同じ路線で、途中《とちゅう》から乗ってくる。これは朝一緒《いっしょ》に行きたい、手伝ってほしいというアピールだなあ……と思う。

うちの学校は駅から結構遠くて、一緒《いっしょ》に登下校すると「付き合いはじめたんだな」と認識《にんしき》される文化がある。熊坂《くまさか》さんは怪我《けが》をキッカケにそれを狙《ねら》っていると思われる。

「熊坂《くまさか》、大変だったな。俺と登校しないか？　三つくらいしか駅離《はな》れてないし、手伝うよ」

横に来たのは塩田《しおだ》だった。おお。熱い男。俺は体育祭の時に旗を投げ捨てて熊坂《くまさか》さんの所に向かった塩田《しおだ》を見てから、心の中で応援《おうえん》している。

熊坂《くまさか》さんは「えー、遠回りになるから悪いよ～」と言いながら中園《なかぞの》をチラチラと見ている。

そういえば中園《なかぞの》は前「熊坂《くまさか》は絶対俺に告白してこないから、適当にスルーしとけばオッケー」と言っていた。なるほど、本当に自分から「一緒《いっしょ》に行きたい」とは絶対に言わないんだな。

話していると、教室の後ろの扉《とびら》が開き、ダンス部部長の柊《ひいらぎ》さんが立っていた。そしてまっすぐに迷い無く俺の所に歩いてくる。

柊《ひいらぎ》さんは同じ二年生で隣《となり》のクラスだけど『お嬢《じょう》さま』で有名だ。

真っ黒でお尻《しり》の上まである髪《かみ》の毛《け》は二歳の時から習っているバレエで必要だからで、立ち振《ふ》る舞《ま》いに気品があり、はっきりと物事を言う人だ。

教室に入ってきただけで、騒《さわ》がしかった周辺の席が静まりかえる。

「辻尾《つじお》陽都《あきと》くん、おはようございます。私、ダンス部の柊《ひいらぎ》と言います。知ってますよね」

「え。……あ、はい、お名前は」

思わず『お名前』と言ってしまい、熊坂《くまさか》さんと塩田《しおだ》が吹《ふ》き出《だ》して笑う。

だって、今まで話したこと無い人だし、緊張《きんちょう》する。

柊《ひいらぎ》さんは真っ黒の髪《かみ》の毛《け》をサラリと揺《ゆ》らして、

「ここに来た理由はインスタの動画を見たからです。辻尾《つじお》くんが作ったと伺《うかが》って」

「あ、ああ。うん、あれは俺が作った」

「クラスのヤツだよね!?　あれボカしなしでほしいって言おうと思ってた！」

と熊坂《くまさか》さんが声を上げると、周りにいたクラスメイトたちも「あれ良かった！」と頷《うなず》いた。

実は体育祭の時にたくさん撮《と》った水風船が割れる動画を使って、クラスの体育祭まとめみたいな動画をインスタにアップした。

割れて色水が弾《はじ》けるシーンから、それを投げて笑うクラスメイトの顔はぼかして分かりにくくして、それでも指先から放たれる水風船と、笑い声。編集ソフトに新しいプラグインを購《こう》入《にゅう》して、使ってみたくなり作ってみたら予想以上にハマって上手にできた。

せっかくだからと全然使ってなかったインスタのアカウントにアップしたら、中園《なかぞの》が見つけてそのまま拡散。かなり遠くまで広がっていて、全然知らない人までコメントをくれてフォロワーがすごく増えた。正直ここまで拡散すると思ってなかったので動揺《どうよう》してるけど、夜の町で鍛《きた》えられた技術が認められるのは嬉《うれ》しい。

どうやらそれを柊《ひいらぎ》さんも見たようだ。まっすぐに俺を見て、

「うちのダンス部、部員が減ってしまって困ってるの。今年入ってきた一年生たちを勧誘《かんゆう》したいから、練習風景を撮影《さつえい》して部活紹介《しょうかい》のPVを作れないかと思って」

あまりに突然《とつぜん》の話でついて行けない。

「え。いやいや突然《とつぜん》なに？」

「考えておいてくれると助かります」

突然《とつぜん》入ってきて言うだけ言って、柊《ひいらぎ》さんは教室から出て行った。

突然《とつぜん》の訪問にクラス中がぽかんとしていたが、熊坂《くまさか》さんは松葉杖《まつばづえ》の上に顎《あご》を乗せて、

「知ってる？　柊《ひいらぎ》さんの家、都内なのに家がお城みたいに大きいの。超《ちょう》お嬢《じょう》さまなんだよ。だから動画作ったらすっごいお金くれそう〜」

「部活で金払《はら》わねーだろ」

と中園《なかぞの》は笑った。熊坂《くまさか》さんは手を振《ふ》り回《まわ》して、

「柊《ひいらぎ》さんの家、大きなバレエ教室してるから、そこから仕事来ちゃうかも！　それに辻尾《つじお》くんの動画、アイドルのリッカちゃんもイイネしてたんだよ、辻尾《つじお》くんヤバ」

「辻尾《つじお》の動画、俺も見たよ。やべーっしょ、天才肌《はだ》？　天才系監督《かんとく》？　ゾンビ撮《と》る？」

熊坂《くまさか》さんの横にいた塩田《しおだ》も勝手に盛り上がりはじめた。

俺は「いやいや、もう良《い》いよ、分かった分かった」と適当に話題を終わらせる。

あまりに上手にできたからアップしちゃったけど、ここまで注目されると落ち着かない。

アップした理由……実は吉野《よしの》さんに褒《ほ》めてほしかっただけなんだけど……と席を見たが、もうすぐ朝礼が始まるのにまだ来ていないようだった。

体調でも崩《くず》したかな。スマホを取りだしてLINEしようとしたら、吉野《よしの》さんが教室に飛込んできた。

髪《かみ》の毛《け》がいつもより乱れていて慌《あわ》てた様子で気になるけど、昼休みにゆっくり話そうっと。

そう思うと机の周りの騒《さわ》がしさもスルーできた。早く昼休みになってほしい。

「陽都《あきと》。熊坂《くまさか》が言ってたじゃん。筋肉痛には追い運動！　体育館でバスケしようぜ」

「うえっっっ?!」

昼休み弁当を食べ終えて、さて吉野《よしの》さんと駄菓子《だがし》タイム！　とウキウキしていたら中園《なかぞの》が俺を誘《さそ》ってきた。思わずコントのような反応をしてしまったけど、弁当箱をカバンの中に片付けながら冷静な表情を作り、

「いや、俺筋肉痛じゃないから、必要ないわ」

「俺が痛いんだよ！　ていうか体育祭の時に一年女子にすげー声かけられてさ。もう面倒《めんどう》にな

ったから昼休みみんなで一緒《いっしょ》にバスケしようって誤魔化《ごまか》したんだよ。付き合えって」

「それはお前が女子に囲まれてひとりでやるべき案件で、俺が行く必要は全く無い。ていうか汗《あせ》かくからイヤだ」

「じゃあ平手《ひらて》と点数係。な、平手《ひらて》、それなら良《い》い？」

「いいよ、別に。中園《なかぞの》くんと一緒《いっしょ》に居るのが一番イジメられないから」

「おいおい消極的理由だな！　俺と居ればバスケも上手《うま》くなるって！　一緒《いっしょ》にやろうぜ」

「せっかくの休み時間に運動するなんて意味が分からないよ」

平手《ひらて》はスマホで漫画《まんが》を読みながら冷静に断った。

いやいや、無いわ。絶対に無い……と思うけど、廊下《ろうか》には一年生が鈴《すず》なりになって中を見てるのが分かった。その数、十人以上。うわあ……すごいな。イヤっていうか、吉野《よしの》さんと屋上に行きたい。こういうときに実行委員はすごく楽だった。

体育祭が終わった今、それを使えない……いや、もう強引《ごういん》に使う！

「俺体育祭で撮《と》った写真の整理とか、動画制作とかあるんだよ。だから委員会準備室行くわ」

「え——。もう終わったのにまだあるのかよ」

「もうちょっとあるっぽい」

「なんだよ——」

「じゃあな」

愚痴《ぐち》る中園《なかぞの》を置いて、廊下《ろうか》にたくさんいる中園《なかぞの》ファンを押しのけて、俺は専門棟《とう》へ向かって走り出した。

基本的に昼休みは弁当を食べたあとに中園《なかぞの》や平手《ひらて》たちとダラダラ過ごすのが日課になっていたから、逃《に》げ出《だ》す理由がなさ過ぎる。

かといって学校が終われば俺も吉野《よしの》さんもバイトで時間がない。ふたりでこっそり会う難易度が高すぎる。

専門棟《とう》の一番奥まで行き、非常階段に出て上がりパスワードを押して入る。

吉野《よしの》さんはもう来てるだろうか。屋上を見渡《みわた》してみても誰《だれ》もいなくてまだ来てないかも……と思ったら、更衣《こうい》室のドアが少しだけ開いた。そしてドアがススス……と動く。その隙間《すきま》にぴょこりと吉野《よしの》さんの目が見えて、俺と目が合うと、ドアを全開にしてパアアと笑顔《えがお》を見せて更衣《こうい》室から出てきた。

「辻尾《つじお》くん！」

隠《かく》れて俺を待っていたようだ。更衣《こうい》室の中が暑かったようで、少し頬《ほお》が上気していて、すごく可愛《かわい》い。駆《か》け寄《よ》ると手に古そうなプリントを持っているのが分かった。

「あれ、掃除《そうじ》してたの？」

「うん。なんかやっぱり勝手に入っちゃ駄目《だめ》な気がして、でもこの汚《きたな》い所を掃除《そうじ》してたら許さ

れる気がして、掃除《そうじ》してたの」

ひとりで?!　驚《おどろ》いていると「あっ、それでね」と目を輝《かがや》かせて古いプリントを俺に渡《わた》して更《こう》衣《い》室の中に戻《もど》り、

「見つけたの、折りたたみ椅子《いす》ー！」

「おお。まだ使えそうだね。ていうか……やっぱり吉野《よしの》さんすごく真面目だね」

「勝手に入って怒《おこ》られるんじゃないかって意識が抜《ぬ》けないよ。でも『入った時に汚《きたな》すぎて気になったんです』って言えば許される気がして」

そう言って吉野《よしの》さんは俺の制服をツンと引っ張って、

「……そしたらふたりで掃除《そうじ》ってことで、一緒《いっしょ》にいられるかなって」

そう呟《つぶや》いた表情が恥《は》ずかしそうで、でも優等生で。俺は嬉《うれ》しくて仕方が無い。

吉野《よしの》さんは「机もあったの！」と中から折りたたみ机を持って来た。それはパイプ製の簡易なもので、広げたら天板がまっすぐにならず斜《なな》めになってしまった。使えないから物置に投げ込んであるわけで……と思ったけど、底のパーツが片側だけ外れていたのが理由で、屋上に転がっていた床《ゆか》が剝《は》がれたコンクリートの一部を下に入れてみたら、わりと平らになった。

吉野《よしの》さんはその横に椅子《いす》をふたつセッティングして、

「使えそう！」

と笑顔《えがお》を見せた。強い日差しが降り注ぐ壊《こわ》れたプールと、割れた床《ゆか》と生えている雑草。無数

の室外機が熱風を送ってくる屋上の小さな日陰《ひかげ》。そこに壊《こわ》れているテーブルと古びた丸椅子《いす》。それをせっせとセッティングしてる姿が可愛《かわい》い。

吉野《よしの》さんは机の表面が汚《きたな》いことに眉《まゆ》をひそめて、今度家にある布でテーブルクロスを作ると宣言していた。よく分からない方向に必死で、でも俺といる場所を良《い》い感じにしたいという気合いが嬉《うれ》しい。吉野《よしの》さんは俺を丸椅子《いす》に座らせて、持っていた小さなカバンを机の上に置いた。

「辻尾《つじお》くん、駄菓子《だがし》持って来た？」

「うん。昨日水風船買った駄菓子《だがし》屋行って見てきたんだけど……なんかもう単純に食べたくなってこれにした」

俺は制服の袖《そで》からスルルルルと駄菓子《だがし》を出した。

教室から誰《だれ》にもバレずに持ってくる方法がこれしか思いつかず、カバンの中で袖《そで》に突《つ》っ込《こ》んでそのまま出てきた。

それを見て吉野《よしの》さんが爆笑《ばくしょう》する。

「なんでそんな所から！」

「何も考えてなくて、長いのにしちゃったからさ」

「花……串《ぐし》、カステラ？」

「そう。鈴《すず》カステラあるじゃん。あれを潰《つぶ》して棒に刺《さ》さってるみたいな感じ」

「へぇえ——！　はじめて見た。食べてみて良い？」

「良《い》いよ。これがさ、はい」

俺は花串カステラを開けて吉野《よしの》さんに渡《わた》した。小学校の頃《ころ》、あの駄菓子《だがし》屋ではじめて見つけた時「棒じゃん！　長いじゃん！　大盛りじゃん！」と買ってもらったのを覚えている。

穂華《ほのか》さんが体育祭準備の時、布が巻き付いた芯《しん》に執着《しゅうちゃく》してたけど、俺もちょっと気持ちが分かってしまう。長い棒は俺の何かを今も支配している……。

吉野《よしの》さんは俺から渡《わた》された花串《ぐし》カステラを持って「どう食べるの？」と首を傾《かし》げた。

俺は棒を口元で引っ張る動きをして、

「こう……焼き鳥食べるみたいに？」

「えっと、噛《か》みついて引っ張るのね？」

吉野《よしの》さんはカステラのひとつにハムッと噛《か》みついて、串《くし》を不器用に引っ張った。そして串《くし》を右手に持ち、モクモクと口を動かして、

「ん────！　すごくサクサクしてるのね。美味《おい》しい」

「そこが鈴《すず》カステラと違《ちが》って妙《みょう》に楽しい。吉野《よしの》さんは何を買ってきたの？」

「えへへ。実はテーブルをセッティングしたのには意味がありまして……じゃじゃーん！　ねるねるねるねです」

「あ────……！　なるほどこうきたか」

俺は深く頷《うなず》いてしまった。吉野《よしの》さんが駄菓子《だがし》を屋上で食べようと言った時に、何を買ってく

るんだろうと考えた。無難にうまい棒……チョコバット……棒ばかりだ……。

全然分からなかったけど、これか。これが駄菓子《だがし》かどうかは論争が起きそうだけど、とりあえずテーブルをセッティングしてまでねるねるねるねを作りたいのが可愛《かわ》いから良《い》い。

吉野《よしの》さんは袋《ふくろ》を開けて、

「辻尾《つじお》くんは食べたことある？　ねるねるねるね」

「中学の時にねるねるねるねを一時間混ぜ続けたらどうなるか、中園《なかぞの》とやったことある」

「ちょっとまって、なんでそんな楽しそうなことしてるの?!」

「いや、世界中の子どもがしてることだと思うけど」

「してないよ、すくなくとも私はそんなことしてない！」

そう言って吉野《よしの》さんは唇《くちびる》を尖《とが》らせて、外袋《そとぶくろ》の中から入れ物と小袋《こぶくろ》を取りだした。懐《なつ》かしい！　あまりに懐《なつ》かしくて「おおおお」と外袋《そとぶくろ》を手に取って作り方を読んでしまう。

俺が外袋《そとぶくろ》を持っていると吉野《よしの》さんが丸椅子《いす》ごと近付いてきて、

「まずは？　しかくカップ……しかくカップ？　そんなの入ってないけど」

「これこれ。横の部分をパキンと折って入れ物にするんだよ」

「えっ、すごく合理的。よく考えられてるわね」

「吉野《よしの》さんは突然《とつぜん》優等生コメントが出てくるから面白《おもしろ》いよね」

「それでこれに水を、水?!　水が要《い》るの?!　液体入りの小袋《こぶくろ》が入ってるんじゃないの?!」

「違《ちが》うんだよな。粉に水を入れるんだ。しかも、このしかくカップ分だけ」

俺がしかくカップと呼ばれている小さなプラスチックの入れ物を見せると、吉野《よしの》さんはググッと寄ってきてそれを寄り目で見て、

「誤差みたいな量ね」

「あはははは！　そうなんだよ。そこで水が出せるよ」

「分かったわ、ちょっと待ってて！」

吉野《よしの》さんはしかくカップを持って水道のほうに行った。掃除《そうじ》用に水道は生きてるみたいで、この前長靴《ながぐつ》を拭《ふ》いた雑巾《ぞうきん》は屋上で洗った。

でもまあ……俺は少し離《はな》れた水道のほうを見た。すると吉野《よしの》さんが水道からほんの少し水を入れたしかくカップを持って、慎重《しんちょう》に慎重《しんちょう》に歩いてきているのが見えた。

手にしかくカップを持ち、ものすごく真面目な表情で、一歩一歩。亀《かめ》より遅《おそ》くゆっくりと。でもここの床《ゆか》は長年放置されてボコボコになっていて、それに躓《つまず》いて、しかくカップの中の水がこぼれてしまった。吉野《よしの》さんは手にしかくカップを持ったまま叫《さけ》ぶ。

「あ────！」

「ごめん、そうなるって分かって見てた。このカップに粉を入れて、それを水道に持って行ったほうがいいよ」

「そうよ、辻尾《つじお》くん、その通りよ。どうして水を運ぼうと思ったのかしら。こんな小さな入れ

物に水をこぼさないで運ぶなんて無理に決まってるじゃない！」

「うん、俺も何度も失敗したから、吉野《よしの》さんも失敗したほうがいいかなと思って」

その言葉にしかくカップを持ったまま、吉野《よしの》さんは立ち止まって俺を見た。

そしてコクンと頷《うなず》いて、

「……うん、そうね。失敗したほうがいい。そうね。その通りだわ。それで？　まずこのカップに一番の粉を入れる」

「そしてこの粉をまず舐《な》める」

「え――?!　ダメだよ辻尾《つじお》くん、まだねるねるねるしてないよ？」

「気にならない？　ねるねるされる前の味」

「……言われてみれば」

吉野《よしの》さんは人差し指を粉の山にツンと触《ふ》れ、それを口元に持って行ってペロリと舐《な》めた。

そして真面目な表情で俺の方を見て、

「すっぱいわ」

「そうだな。ていうか久しぶりに舐《な》めると、これぞねるねるねるねの元素って感じだ」

「そうなの？　それでこれに水を持って来て……じゃない、これをあっちに持って行って水を入れる！」

今度は容器を水道の方に持って行って、慎重《しんちょう》に水を入れた。俺も中学の時に公園で中園《なかぞの》と作ってたんだけど、テーブルの上に容器を置いたまま水を運ぶことに執着《しゅうちゃく》して、その結果五回くらい失敗して、イヤになってた頃《ころ》に容器が風で飛ばされて、中身が全部砂と同化した事がある。さすがにアホすぎる。

「入れた！　んでこれを、ねるねるして……」

「そうそう。それで二番を入れると……」

「あ――――っ、モコモコになってきた。化学反応よ、クエン酸が炭酸水素ナトリウムと反応して二酸化炭素が発生してるわ！」

「あははははは！　絶対言うと思った」

吉野《よしの》さんは興奮しながらねるねるねるねを作っていて、もう正直見ているだけで面白《おもしろ》い。

俺はポケットからスマホを取りだして、大昔の魔女《まじょ》が出ているねるねるねるねのＣＭを流した。そして「うへへへへへ」と真似《まね》て声を出した。

吉野《よしの》さんは混ぜながら画面を見て目を丸くした。

「……なにこれ」

「俺たちが公園でねるねるねるね作ってたら、知らない大人が『昔はこのＣＭがあって』って見せてくれたんだよね。それでなんかねるねるねるねって言ったら、この……」

「うへへへへへ？」

「そう。この黒い魔女《まじょ》の引き笑いをしながら混ぜなきゃいけないイメージ」

「そんなの聞いたことないよ、辻尾《つじお》くん。うへへへへ？」

首を傾《かし》げながら慣れない引き笑いをしている吉野《よしの》さんが可愛《かわい》くて顔を逸《そ》らす。ダメだ、やらしておいてなんだけど、クソ可愛《かわい》い。

吉野《よしの》さんは満足するまでそれを混ぜて、右側に飴粒《あめつぶ》を出して、それをつけて口に運んだ。

「ん。……確かにこれは……すっぱくてモコモコ……このつぶつぶな飴《あめ》がポイントね？」

「なんとも言えない味なんだよな。ねるねるねるねって。でもこれさ、一時間こねこねすると、なんとガムになる」

「え——?!　モコモコが消えちゃうの？」

「そうなんだよ。でもネチョネチョになって少し楽しい。そして、飲み込めなくなる。俺は中《なか》園《その》とやって絶望した」

「面白《おもしろ》すぎる！　じゃあ、ほら、あーんして？　はい」

そう言って吉野《よしの》さんは大盛りのスプーンを俺に見せた。うわ、あーん……だ。なんかすげー照れるけど、なんかすげー嬉《うれ》しい。

口を開けるとそこに吉野《よしの》さんがスプーンに付いたねるねるねるねを入れてくれた。

「……うん。ねるねるねるねだわ」

「美味《おい》しい？」

「ねるねるねるねとしか言えない」

ねるねるねるねに味という観念はない。ねるねるねるねは、ねるねるねるねるねだ。

熱い風が柔《やわ》らかく吹《ふ》く屋上で、ふたりでねるねるねるねと、俺が買ってきた花串《ぐし》カステラを食べた。

吉野《よしの》さんはスプーンを口に入れた状態で、

「……子どもの頃《ころ》ね、なんでもお菓子《かし》を買って良いよって言われたから、ずっと食べてみたかったこれをお母さんのところに持って行ったの。そしたらこんなオモチャじゃなくて、普通《ふつう》のお菓子《かし》にしなさいって言われて買って貰《もら》えなかったのよね」

「あー……確かに親は嫌《いや》がるアイテムかもな。実質ただの粉だし」

「そう。お金出すなら普通《ふつう》のお菓子《かし》のがコスパいいよね。でも私はこうやってお母さんと作って、ワイワイしたかったんだと思う。この時間がしたかったんだと思うの」

そう呟《つぶや》いた表情は、一緒《いっしょ》にねるねるねるねを作っていた明るい顔ではなく、どこか淋《さみ》しげで、俺は手を握《にぎ》った。

「……食事会行かなかったこと、何か言われたの？」

「食事がイヤならボランティアしろって言われたわ。今朝も時間ないのに支援《しえん》者に出す手紙に名前を書いてって言われて書いてたの」

「げ。だから朝遅《おそ》かったのか。いつも早いのにと思ってたよ」

「そうなの、ギリギリになっちゃった。いつも小さな制裁をされる気がする。でも全否定はされないんだなって……はじめて知った」

「そっか」

「それを知れただけでも良かった。こう……全部丸め込んで隠《かく》さなきゃって思ってたけど、突《とっ》破口《ぱこう》はあるって知れて、それだけで良かった」

俺が握《にぎ》っている手を、吉野《よしの》さんが甘く、優《やさ》しく握《にぎ》り返してきた。

そしてクッとその繋《つな》いだ手に体重を乗せて、長く黒い睫《まつげ》をゆっくりと伏《ふ》せて俺のほうに顔を近付けてきた。

俺も目を閉じる。

吉野《よしの》さんの唇《くちびる》と、俺の唇《くちびる》が、優《やさ》しく触《ふ》れあう。

吉野《よしの》さんの唇《くちびる》から、甘酸《あまず》っぱい……それでいてぶどうの味がした。

でもそれはきっと、俺も同じで。

柔《やわ》らかく確かめるように少しだけ触《ふ》れあった唇《くちびる》を離《はな》すと、吉野《よしの》さんは目を細めて、

「……ねるねるねるねの味だ」

そう言って顔をクシャクシャにして笑った。すごく可愛《かわい》い。

大好きだという気持ちが溢《あふ》れてどうしようもなくなり、今度は俺の方から吉野《よしの》さんに近付いて、軽くキスをした。そして、

「俺もそう思った」

と伝えた。ふたりで笑いながらねるねるねるねのゴミと机や椅子を片付けて、俺は長くてどうしようもない……でも折れない花串《くし》カステラの串《くし》を再び制服の袖《そで》に隠《かく》した。

それを見て吉野《よしの》さんは爆笑《ばくしょう》したけど、これ以外に持ち帰る方法がない。今度はもっとゴミが持ち帰りやすいものをもって来よう。

丁度チャイムが鳴り、俺たちは屋上から出ることにした。

……でもちょっと待てよ。

俺は吉野《よしの》さんがさっき屋上で片付けていたプリントの束を持ち非常階段を下りて、そのまま吉野《よしの》さんと職員室に向かった。


「内田《うちだ》先生、これなんですけど」

「おお？　なにこれ。五年前の学食便り？　こんなのどこにあったの？」

「さっき体育祭のＨＤＤを片付けに屋上に行ったんですけど、そこで見つけました。さすがに要《い》らないだろうと思って持って来ましたけど、捨てて良いですよね？」

俺がそう言うと内田《うちだ》先生は、俺と吉野《よしの》さんの肩《かた》にトンと手を置いて、

「……神か何かなの？　後光でも差してる？　偉《えら》すぎる、すごい。めっちゃ助かる！　あそこの掃除《そうじ》してくれるの?!　ゴミだらけだよ！」

「あと前に行った時に気になったんですけど、落ち葉が詰《つ》まって水が溜《た》まってるんですけど」

「そーなんです！　そのとーりなんです！　あそこの掃除《そうじ》まで教師の仕事ってマジですかって気持ちなんです！　でも生徒に頼《たの》むと皆《みんな》遊んでダメになるの、だから頼《たの》めなくて！　嬉《うれ》しい神なの?!　掃除《そうじ》して、常にして、落ち葉捨てて、排水《はいすい》させて！　雑草抜《ぬ》いて段ボール捨てて！　あとせっかく職員室きたなら、この要《い》らない紙もそれと一緒《いっしょ》に資料室持って行って捨てて。それでこのノート教室に運んで。それでこの名簿《めいぼ》を教頭先生のところにおいてほしいの」

「……はあ。いいですけど」

俺もどうやら内田《うちだ》先生の奴隷《どれい》にＩＮされたようだ。

でもまあ……と俺はこれで吉野《よしの》さんが気兼《きが》ねなく屋上に入れるから良《い》いと思う。

掃除《そうじ》だって吉野《よしの》さんが一緒《いっしょ》なら楽しい。ふたりで一緒《いっしょ》に居られるなら安いものだ。あそこにもっとふたりで居たいんだ。そしてあんな甘いキスをしたい。

第４話　放課後の提案

「うあー……結局鬼《おに》のように眠《ねむ》くなるだけで、筋肉痛が取れなかった。陽都《あきと》、湿布《しっぷ》貼《は》って。一年の子から貰《もら》った」

「おじいちゃんかよ。どこ?」

「ふくらはぎ。なんかバスケしすぎてビキビキするんだけど」

「更《さら》に痛めてるじゃん」

俺は笑いながら中園《なかぞの》がパンツをまくり上げたふくらはぎに湿布《しっぷ》を貼《は》った。

結局中園《なかぞの》は昼休みに中園《なかぞの》プラス四人女子チームと、五人女子チームでバスケをしたらしい。なんだそのハーレムバスケは。

それでも熊坂《くまさか》さんへの対応見てれば分かるけど、冷たくもせず普《ふ》通《つう》に接してるはずだから、すげーと思う。湿《しっ》布《ぷ》を貼《は》っていると、机にラベルがないペットボトルが置かれたのが見えた。

「辻尾《つじお》っち、おつかれです!」

「穂華《ほのか》さん。体育祭おつかれさまでした」

穂華《ほのか》さんは一学年下で、吉野《よしの》さんの親友だ。体育祭の実行委員も一緒《いっしょ》にした。穂華《ほのか》さんは口を尖《とが》らせて、

「今日のお昼話したくて教室来たのに辻尾《つじお》っちも紗良《さら》っちも居なくて、探したっス。委員会作

業してたって聞きましたけど、それなら呼んでください、手伝いますよ」

その言葉に少しドキリとする。ふたりで居なかったことを見抜《みぬ》かれたみたいで。俺は普通《ふつう》の顔を作って、

「いや、HDDの片付けしてただけだから」

「そうだったんですね、はい、プレゼントです、これ仕事先で貰《もら》ったんですけど、超美味《ちょうおい》しい緑茶です。どうぞ！」

そう言って机に置いたペットボトルをグイグイと渡《わた》してきた。

なんだろうと思うけど、飲んでみたらものすごく美味《おい》しい緑茶だった。まろやか〜。

穂華《ほのか》さんは俺の横の椅子《いす》に座って、

「昼休みに来たのには理由があってですね。辻尾《つじお》っちがインスタに上げてた動画、めっっっちゃエモくて良かったです。あれ辻尾《つじお》っちがひとりで作ったんです？」

「ああ」

またこの話かと思いつつ、静かに頷《うなず》いた。

「正直見直しました。編集とかエフェクトとか、文字出すのとか、すごい上手ですね。音楽にも超《ちょう》合ってたし、びっくりしました」

「それは良かった」

ちゃんと見てくれてるのが分かる褒《ほ》め方で、照れながら答える。

「それでですね、辻尾《つじお》っち、ＪＫコンって知ってますか？」

そう言って穂華《ほのか》さんはポケットからスマホを出して俺に画面を見せた。

そこにはＪＫコンという派手な文字と、可愛《かわい》い女子とカッコイイ男子の写真が載《の》っていた。

俺はそれを見て、

「名前だけ聞いたことあるけど、よく知らない」

「女子高校生コンテスト、略してＪＫコン。ここで優勝すると花印とかメイセーとか有名所のＣＭが自動的に決まるアイドルＪＫの決戦場なんスよ」

「決戦場……？　でも花印のＣＭって、画面全部青くて、少し変わってるヤツだよね」

「それです！　あれ去年の優勝者が出演してて『君が消えるまで』を撮《と》った神代《かみしろ》さんって方が監督《かんとく》してるんですよ」

『君が消えるまで』は去年の泣ける映画として有名だったので配信で見た。

優勝したら映画《えいが》監督《かんとく》にＣＭを撮《と》ってもらえるのは、確かにすごいフェスだ。

でもそれと俺と、何の関係があるんだろう？

穂華《ほのか》さんはスマホをツイツイといじってエントリー画面を見せた。

「ＪＫコンは部門がふたつありまして。ひとつはＪＫクイーン＆キング部門。ここはもうすっごいんですよ。日本中の有名高校生が全力でぶん殴《なぐ》りにきてます」

「おおー……。この子も、コイツも、テレビで見たことがある」

もう投票が始まっているのか、TOP画面に載《の》っている子たちは現在ドラマや映画、動画サイトでもめっちゃ見る子たちだった。穂華《ほのか》さんはそれを見て首を横にふり、

「ここはもう魔王《まおう》城です。私みたいな雑魚《ざこ》キャラ足を踏《ふ》み入《い》れた瞬間《しゅんかん》に床《ゆか》に穴開いてマグマに落とされるっス。でもね、こっち」

「へえ。青春JK部門。学校で輝《かがや》くあの子……なるほど。写真も身近な子たちが増えてきたね」

そこには野球部のマネージャーや、クラスで一番可愛《かわい》い子、バスケ部のあの子……など、学校で有名な可愛《かわい》い子たちがエントリーされていた。中園《なかぞの》は横から顔をつっこみ、

「こういう子のが良《い》いよなー。ガチ部門はもう顔がAIに見える。身近にいるちょっと可愛《かわい》い子くらいが推《お》せるよなー」

「さすが中園先輩《なかぞのせんぱい》、その通りです。あ、はじめまして。穂華《ほのか》って言います。このクラスの紗良《さら》っちの親友で、辻尾《つじお》っちとは体育祭でとっても超絶《ちょうぜつ》仲良くなった仲です。中園先輩《なかぞのせんぱい》の噂《うわさ》は色々聞いてます！」

穂華《ほのか》さんはそう言ってピシッと背筋を伸《の》ばした。

それを聞きながら脳内を疑問符《ぎもんふ》が飛び交《か》う。中園先輩《なかぞのせんぱい》？　おかしいな、俺は辻尾《つじお》っちなのに？

吉野《よしの》さんと同じ枠《わく》だから？　若干《じゃっかん》不思議に思うが、まあいいか。

穂華《ほのか》さんは続ける。

「青春JK部門は別名部活部門。学校名を明かして部活単位でエントリーしなきゃいけないから、敷居《しきい》が高くてそんなにライバルがいないんです」

「部活でエントリーか。たしかにハードルが高いかも」

俺の言葉を聞いて穂華《ほのか》さんが両手をパンと叩《たた》いて拝むように俺を見てきた。

「辻尾《つじお》っちが作った動画、すっごく良かった。マジで良かった！」

「あ、ありがとう」

「儚《はかな》くて高校生っぽくて、エモエモのエモだったよ。色も淡《あわ》くてさ、文字も可愛《かわい》くて、テンポも良くて今風だった！　あれを私に作ってくれないかな?!　事務所はJKクイーンの部門に夢中で、私なんて全然推《お》してくれないの。だから学校から出たほうが絶対良《い》い順位に行ける気がするの。お願い辻尾《つじお》っち！」

ここまで褒《ほ》められて嫌《いや》な気持ちにはならないけど、たくさんの問題点がある。

俺は座りなおして穂華《ほのか》さんを見た。

「俺さ。バイトしてて学校終わったら即《そく》行きたいんだ。それをやめる気はない。それに部活単位でエントリーって言ってるけど、部活に入るつもりないから、悪いけど手伝えないな」

それにうちの学校の部活はどこも厳しくて有名だ。この話だと写真部《しゃしんぶ》とか演劇部とかそこら辺に入って作る必要がある。そもそもうちは芸能コースがあるから、そこに所属してる子がその部活から出る気がする。ひとつの部活からはひとりしかエントリーできないみたいだから、色々とナシだ。

「映画部が三年前に潰《つぶ》れて、部室がそのままになってるのを知ってる？」

振《ふ》り向《む》くと後ろに吉野《よしの》さんが立っていた。

「紗良《さら》っち〜。辻尾《つじお》っちを説得して〜。青春ＪＫ部門で出たいんだけど、辻尾《つじお》っちがバイト行きたいから嫌《いや》だって」

「アルバイトは、社会勉強にもなって良いけれど……」

そう言って吉野《よしの》さんは俺の左側の席に腰《こし》かけた。

穂華《ほのか》さんはスマホを摑《つか》んで、

「紗良《さら》っち、さっき言ってた映画部って何?! 潰《つぶ》れたの？」

「そう、三年前に潰《つぶ》れて部室がそのままらしいわ。専門棟《とう》三階の物置横。内田《うちだ》先生にこの前パソコンの片付けを頼《たの》まれたの。でも私パソコン全然詳《くわ》しくないから、辻尾《つじお》くんに一緒《いっしょ》に頼《たの》めないかな……と思ってたのを思い出したの」

「え?! 部活の復活って届け出一枚だよね？」

「そうね。簡単だと思う」

吉野《よしの》さんはそう言って俺のほうを見た。

ええ……？　これは吉野《よしの》さんも穂華《ほのか》さんを手伝ってほしいってことだろうか。ＪＫコンって……そんなデカそうなイベントで、俺に何かできると思えないけど。

戸惑《とまど》っていると、吉野《よしの》さんは目を細めて、

「体育祭実行委員の時も辻尾《つじお》くんと穂華《ほのか》が一緒《いっしょ》で楽しかったし、また何かできるの、良《い》いなって思うけれど？」

そう言って吉野《よしの》さんは人差し指を一本だけ立てて唇《くちびる》に当て、微笑《ほほえ》んだ。

……あの仕草は、はじめて屋上でふたりっきりになったとき見せた動きで……そうか。

体育祭の時は委員会を理由にふたりっきりになることが容易だった。でもさっき屋上に行こうとしたら大変だった。委員会や部活は『言い訳に使いやすい』。それに映画部の部室は専門棟《とう》三階って、専門棟《とう》は俺と吉野《よしの》さんの屋上がある建物で、行きやすくなる。

中園《なかぞの》は椅子《いす》をキイキイ言わせながら、

「あの部屋女子に誘《さそ》われて何回かこっそり入ったけど、結構良《い》いゲーミングパソコン置いてあったぞ。俺も部活入れって母ちゃんにめっちゃ言われてるし、幽霊《ゆうれい》部員しよっかな。昼休みにクラスに来る女子もウザいし。いいじゃん、やろうぜ」

そう言ったのは中園《なかぞの》だった。

……女子に誘《さそ》われて何回かこっそり入った？

学校で何をしてるんだお前は……おっと、俺もか。でも専門棟《とう》の三階はそれくらい誰《だれ》もこなくて有名な場所だ。そしていつの間に近くにいた平手《ひらて》も「俺も」と小さく手を上げた。

言い訳にも使えて、専門棟《とう》にも行きやすくなる。今日の苦労を考えると全然アリなのか……？

「……とりあえず明日の昼休み部室見に行く？」

「辻尾《つじお》っち、ありがとううう！」

そういって穂華《ほのか》さんが目を輝《かがや》かせた。

吉野《よしの》さんは人差し指を唇《くちびる》に当てたまま、目を細めた。ヤバい、策士でドキドキする。

次の日の休み時間、俺たちは内田《うちだ》先生の所に向かい、ＪＫコンに参加するために映画部を復活させたいと相談した。

内田《うちだ》先生もインスタで俺の動画を見たようで「あれ、すんごく良かった！　まじ天才！　部活にするなら届け出してね？　しないならパソコン二台くらい職員室に運んでくれない？　そんで文化祭も手伝ってくれない？」と軽く鍵《かぎ》を貸し出してくれて拍子《ひょうし》抜《ぬ》けした。

実は事前の情報で、映画部の部室は色んな人たちがパソコン目当てに復活を試みたけど、先生の許可が下りなかったと聞いていたからだ。

それを言うと吉野《よしの》さんが俺の横で静かに微笑《ほほえ》み、

「私たちが体育祭実行委員をしてたから、すんなり許可が出たんだと思う。頼《たの》まれたことをしているのも、そんなに悪くないわ」

と言った。これは完全に吉野《よしの》さんの優等生ポイントだ。

ついでにまた仕事を頼《たの》んできてるけど、優遇《ゆうぐう》して貰《もら》えるならアリな気がしてしまう。

みんなで専門棟《とう》にある元映画部の部室に向かった。

専門棟《とう》は音楽準備室や旧理科室や、その他の部室がメインで、ほとんどの教室が今は使われていない。

建物自体がかなり古く、改修工事をしてあるが、奥に行けば行くほど廊下《ろうか》にも荷物が置いてあり雑然としている。

専門棟《とう》のすぐ横に電波塔《とう》があり、そこから高速回線を引き込んでいたようで、元映画部の人たちはこの回線目当てに音楽準備室を部室にしたようだ。

音楽準備室というプレートの上に『映画部』というガムテープが貼《は》られていて、それも剝《は》がれかけている。

ドアを開くと、圧迫《あっぱく》された空気に身体《からだ》がむわりと包まれて息苦しくなった。

吉野《よしの》さんがカーテンを開いて、窓を開けると首筋を気持ちのよい風が吹《ふ》き抜《ぬ》けた。

空気を入《い》れ換《か》えるために入り口のドアの奥、廊下《ろうか》側の窓も開ける。本当に全く誰《だれ》も入っていなかった空間という感じがすごい。屋上倉庫のほうがまだ人の出入りがある感じだ。うちの学校は来年創立百周年ということもあり、建物がとにかく古く、昔からの荷物がすごい。

さっそくパソコンを立ち上げた中園《なかぞの》が叫《さけ》ぶ。

「陽都《あきと》これ全然使えるだろ」

「確かに委員会準備室のノートパソコンより全然良《い》いヤツだな。……画像ソフトも新しい」

立ち上げてバージョンを見たら、体育祭実行委員のノートパソコンに入っていたものより新しいし、デスクトップも美しかった。横から平手《ひらて》も画面をのぞき込み、

「すごい懐《なつ》かしいゲームが入ってる」

中園《なかぞの》は早速《さっそく》マウスを握《にぎ》り、

「え？　どれ？」

「六年前に発売されたメンヘラ美少女ゲー。これ面白《おもしろ》いよ」

「これ昔配信で見たことあるわ、やろうぜ！」

みんなでワイワイと話しているとドアがバーンと開いて穂華《ほのか》さんが入ってきた。

「やっほー！　みんなのアイドル穂華《ほのか》ちゃんだよ。さて打ち合わせをしましょうか。うわああ部屋が臭《くさ》い。汚《きたな》い～～」

それを聞いた中園《なかぞの》が椅子《いす》にあぐらをかいて座り、

「誰《だれ》より君が片付けるべきだね、穂華《ほのか》くん」

「イエッサー、ボス！　あれ、中園先輩《なかぞのせんぱい》がボスなの？　辻尾《つじお》っちじゃなくて？　てかさっそくゲームしてるじゃないですか！　なんですかこれ」

画面をのぞき込んだ穂華《ほのか》さんに向かって平手《ひらて》は、

「どの選択肢《せんたくし》選んでも全員が殺しに来るゲーム」

「クソゲーじゃないですか！」

「熱すぎだろ」

穂華《ほのか》さんと中園《なかぞの》と平手《ひらて》は楽しく話し始めた。

俺は窓際《まどぎわ》に置いてあったデスクトップパソコンを立ち上げてみた。こっちは編集専用機のようで、中には昔、文化祭で映画を制作した時のドキュメンタリーが入っていた。みんなの前で自分たちが作った映画を公開して拍手《はくしゅ》を貰《もら》っている。いや、なんだろう、見てるだけで恥《は》ずかしい。俺は自分の主張の塊《かたまり》みたいなものを、クラスメイトの前で発表する勇気はないな。

いや、その勇気がないのに、ＪＫコンなんてもっとデカいのに出るのか？

なし崩《くず》し的にここに来たけど、環境《かんきょう》が整って逃《に》げられなくなってくると、怖《こわ》くなってきた。

小さくため息をついていたら、吉野《よしの》さんが横の席に座った。

「使えそう？」

「まあうん。でもなあ……どーなのかな。今まで好きにやってきただけだしなあ……」

人前で発表するようなものを作ってきてると個人的には思えない。

吉野《よしの》さんは俺に近付いて小さな声で、

「(私がミシンかけてる動画はあんな素敵《すてき》に作ってくれたんだもん、大丈夫《だいじょうぶ》だよ)」

俺はみんながヤンデレゲーに夢中なのを横目で見て、

「(あれは吉野《よしの》さんだから。特別だし)」

「(……そっか)」

吉野《よしの》さんは小さく微笑《ほほえ》み、机の上に放置してあった紙にペンで走り書きした。

『今日のカレーパーティー、楽しみにしてるね』

俺は頷《うなず》いた。実は今日この後、俺のバイト先で一緒《いっしょ》にカレーを食べることになっている。

吉野《よしの》さんは立ち上がって黒ずんでいるカーテンに触《ふ》れた。

「まずこのカーテンを洗いましょうか。部屋が明るくなるし」

⁇ それを聞いて俺たちは全員でポカンとしてしまった。

「カーテンって洗えるの?」

と俺は呟《つぶや》いた。穂華《ほのか》さんも「人生で一度も洗ったことがないです」と言い切り、中園《なかぞの》と平手《ひらて》は「外せるのそれ?」と首を傾《かし》げた。吉野《よしの》さんは「ええ? 月に一度は洗うものよ?」と言い出して、四人で「ほえ——」と驚《おどろ》いてしまった。

何かあるたび、新しい吉野《よしの》さんを知れて楽しい。

第5話　バイト先にて

「……げ。山のように届いてる。六人で三日間撮《と》ってるから……ヤバ」

俺はバイト先のパソコンを立ち上げて呟《つぶや》いた。

俺は唐揚《からあ》げをキャバクラや風俗《ふうぞく》店に配達するバイトをしてるんだけど、その合間に頼《たの》まれた動画編集をしている。その作業に使っているお店のメールを開いたら大量の動画ファイルが届いていた。どれもiPhoneで撮影《さつえい》されたもので五時間以上あり、それが何十本も並んでいる。

動画をひとつ再生してみると手ぶれがすごいし、ずっと撮《と》りっぱなしだ。大変そうだけど、どう繋《つな》げようか考えるとワクワクする。

「沖縄の空港？　わ、なんかすごいお化粧《けしょう》してる男の人だね」

横からパソコンをのぞき込んできたのは吉野《よしの》さんだ。

今日吉野《よしの》さんはバイトをお休みにして、うちの店にカレーを食べに来た。店長が今最後の仕上げをしているので、控《ひか》え室《しつ》で俺と話している。

「この店の三軒隣《げんとなり》に、小さなライブハウスがあるの知ってる？」

「男の人の写真がたくさん飾《かざ》ってある所？　ホストクラブだと思ってたけど違《ちが》うの？」

「メンズ地下アイドルで略してメン地下。まあ大手に所属してない男性アイドルグループなんだけどさ、その人たちがあそこでライブしてるんだよ。これが前に俺が編集したライブ動画」

そういって動画を見せると、吉野《よしの》さんは目を輝《かがや》かせて、

「えっ、これを、辻尾《つじお》くんが作ったの？」

「撮影《さつえい》はiPhoneで、編集は俺。この動画はメン地下の会員サイトで公開したんだけど、評判がよくて会員が増えたんだって。だから今回は沖縄旅行の動画編集の仕事が来たんだ」

「お仕事依頼《いらい》してもらえるなんて、すごいね！」

そう言って吉野《よしの》さんは動画をじっと見た。

依頼《いらい》金額もここで一ヶ月働いても貰《もら》えないほど高額で、依頼《いらい》内容も『お任せ！　なんか良い《い》感じにピシッとよろしく！』と書いてある。前の仕上がりが良くて、今回も依頼《いらい》してもらえるのはすごく嬉《うれ》しい。吉野《よしの》さんは俺の腕《うで》にしがみ付いて、

「こんなの作れるなんてすごいね。穂華《ほのか》が依頼《いらい》する気持ちが分かる」

「んー……どうかな。これは好き勝手に作ってるけど、ＪＫコンはプロの人も見るし、なにより学校のみんなも見るもんなあ……」

「それって何か違《ちが》うの？」

「んー……趣味《しゅみ》と仕事……いや、こっちのが仕事か。よく分かんないけど」

俺は動画のファイルにダウンロードをかけて、モニターを落とした。

作った動画を褒《ほ》められるのは嬉《うれ》しい。また依頼《いらい》して貰《もら》えるのも嬉《うれ》しい。

でも……正直インスタに動画をアップしたことは少し後悔《こうかい》しはじめていた。動画編集は夜の

町で好き勝手に作ってるから楽しいだけで、クラスメイトたちも見るとなると、ちょっと違《ちが》う気がする。部活で……なんてことになってきてるけど、正直後戻《あともど》りできない感じが少し怖《こわ》い。

でも今更《いまさら》辞めるとも言えないし、なにより屋上に吉野《よしの》さんと行きたい。部活で話しやすくなるのも嬉《うれ》しいけど、なんか変なことになってきた……という気持ちのが大きい。

嬉《うれ》しい気持ちと、やってみたい気持ちと、あまり目立ちたくない気持ちがグルグルして、気持ちがよく分からない。

「ふたりとも！　カレー仕上がったで！」

「ありがとうございます」

呼ばれてテーブルに着くと、そこに店長特製カレーが準備してあった。

大きすぎるナンが籠《かご》から溢《あふ》れている。ナンは店長お手製のタンドール窯《がま》で作ったものだ。油が入っていた一斗《いっと》缶《かん》を使って作った窯《かま》なんだけど、これで焼くと異常に旨《うま》い。

吉野《よしの》さんが「いただきます！」と目を輝《かがや》かせて、ナンをちぎって食べた。

「!!　すごくふわふわで、甘いんですね」

「窯《かま》さえあればパンより簡単で美味《おい》しくできるんよ。そんでこの甘さがポイント！　特製カレーをつけると……」

「……めちゃくちゃ合いますね。すごい。ピリッと辛《から》いのにそのあとナンの甘さがきて、カレーの味がして、あっ、すごく辛《から》いのが来ました。美味《おい》しいです」

「せやろ?! こっちのほうれん草とチーズのカレーも食べてみて」

「……ん。こっちは深いですね。わ、こんなに緑色なのにカレーの味がします、半熟卵が合いますね。味が変わってすごくまろやかになります。深みが増すんですね」

吉野《よしの》さんはひとつひとつ食べながら感想を言って、店長を喜ばせた。

俺は「うめーっす」「かれーっす」しか言えないので、吉野《よしの》さんが食べながら上手にコメントを言っていくのをすごいと思う。そして店長がプリントしてくれた体育祭の写真を見て、

「店長さん写真お上手ですね。写真集みたいです」

「俺《おれ》、娘《むすめ》の写真で慣れてるから。もう場所見ただけで『ここで撮影《さつえい》しよ!』って分かるんよ」

「私だけの写真はあるんですけど、辻尾《つじお》くんと一緒《いっしょ》の写真は無かったので、嬉《うれ》しいです」

「あ——、ええ子や——」

店長はそう叫《さけ》んで、前の席に座り、

「西沢《にしざわ》は悪さしてへん? あ、紗良《さら》ちゃんがバイトしてる店の店長。なんかあったらおじさんに言ってな」

「今のところ平気です。むしろあれですよ? うちの店長、怯《おび》えてて、私と店長さんがどういう知り合いなのか聞いてきますけど……」

「そんなん『めっちゃ知り合い』って言っといて。紗良《さら》ちゃんはカフェでバイトしてるだけやのに、勝手にデートクラブに写真使うアイツが悪いんや。アイツはキツめにシメんと、すぐに

忘れて悪さする。三歩歩いたら全部忘れる」

「本当に助かりました。娘《むすめ》さんはお幾《いく》つなんですか？」

「小学五年生の女の子なんやけど、俺の遺伝子入ってる？　ってくらい嫁《よめ》にそっくりでメチャクチャ可愛《かわい》いのよ」

「写真見たいですー！」

「見てくれるの？　これも、これも。この前の運動会のダンスや」

店長は吉野《よしの》さんに聞かれて、嬉《うれ》しそうに大きな身体《からだ》を小さくしてスマホ画面を見せた。

店長は目つきが悪くて服装は冬でもアロハシャツに短パンにビーサン、顔に結構大きな傷もあり、腕《うで》とか背中には芸術的なアートが施《ほどこ》されている。

吉野《よしの》さんの腰《こし》くらい太い二《に》の腕《うで》と容姿で、普通《ふつう》の人はビビって話しかけない。

でも俺はすごく世話になってて大好きだ。

俺が大切にしている場所と人を、吉野《よしの》さんも気に入ってくれるのはすごく嬉《うれ》しい。

吉野《よしの》さんは店長が見せている写真に目をとめた。

「……この方が、辻尾《つじお》くんのおばあさん……綾子《あやこ》さんですか？」

「そうそう。珍《めずら》しくサングラス取ってるね。あんまり写真が好きじゃなくて撮《と》らせてくれへんけど、うちの子と一緒《いっしょ》だから撮《と》らせてくれたんやね」

「娘《むすめ》さん、店長さんと同じ輪郭《りんかく》してます。スタイルもすごく良《い》い。店長さんに似たんですね」

「そうかあ？　俺身長だけが取《と》り柄《え》やから嬉《うれ》しいなあ。嫁《よめ》の美人さがそのまま出てるわ」

店長は吉野《よしの》さんにメロメロだ。ラッシーのお替《か》わりを吉野《よしの》さんに渡《わた》しながら、

「あー、紗良《さら》ちゃんと話すの楽しい。そういえば、紗良《さら》ちゃんのお母さんって、あの人なんだね、吉野《よしの》花江《はなえ》さん」

「あ、はい、そうです、ご存じなんですか？」

「いや体育祭を見てた綾子《あやこ》さんがさ『花江《はなえ》さんの娘《むすめ》さんか』って言ってたから、綾子《あやこ》さんは知ってるみたいだよ。なんか色々やってるんだって？」

「そうですね、市議会議員を務めて長いですし、教育関係の本も出していて、NPOの代表もたくさん務めてます」

「あ――、綾子《あやこ》さんが知ってるとしたらそっち関係かも」

知り合いだなんて意外だと思ったけど、NPO関連ならあり得るなと思った。

ばあちゃんは夜の街で働くシングルマザーと、その子どもたちが住むマンションを持っている。そこで貧困《ひんこん》層向けの無料塾《じゅく》や、家出をした女の子たちを保護する活動もしている。そっちはNPOも関係していた気がするから、花江《はなえ》さんの知り合いでもおかしくない。

なによりばあちゃんと花江《はなえ》さんは同じ系統の人種だと見て思った。

心の真ん中が強烈《きょうれつ》で譲《ゆず》らない人。あのふたりは同じジャンルだ。

吉野《よしの》さんはカレーをきれいに完食して、

「辻尾《つじお》くんのおばあさま……綾子《あやこ》さん、お会いしてみたいです」

「綾子《あやこ》さんは忙《いそが》しすぎて、自分が好きな人しか会わないから、なかなか難しいんだよね」

「本当にお忙《いそが》しい人はそんな感じですよね」

吉野《よしの》さんはそういって笑顔《えがお》を見せた。

花江《はなえ》さんが苦手なら、うちのばあちゃんも苦手な気がするけど、同じジャンルでも方向性が違《ちが》うから大丈夫《だいじょうぶ》なのかな。同じ辛《から》いでも中華《ちゅうか》とカレーみたいな？　自分の母親じゃなければ関係ないのかも知れない。わからないや。

話していると、裏口の扉《とびら》が開いて品川《しながわ》さんが顔を出した。そしてキラリと目を輝《かがや》かせて、

「あら！　あらあらあら！　ひょっとして……吉野《よしの》さん？」

「あ、はい。はじめまして吉野紗良《よしのさら》です」

「あららら、まあああ――。可愛《かわい》い、やだ――。はじめまして、陽都《あきと》の母です」

「違《ちが》います」

俺は静かに首を横に振《ふ》った。やっと店長との話が落ち着いたのに、品川《しながわ》さんが出勤してきてしまった……。吉野《よしの》さんは目を輝《かがや》かせて、

「品川《しながわ》さんですよね？　辻尾《つじお》くんから綾子《あやこ》さんのご紹介《しょうかい》で働かれてると伺《うかが》ってます。ええ……小学生の息子《むすこ》さんがいらっしゃるとは思えないです。それに素晴《すば》らしい教師だってお伺《うかが》いしてます。私数学が分からない時、辻尾《つじお》くんに聞いてるんですけど、いつも分かりやすく説明

してくれるので、品川《しながわ》さんがお上手なんだなと思ってました。お会いできて光栄です」

「オッケー。嫁《よめ》に来ていいわよ」

「品川《しながわ》さん！　ストックないので唐揚《からあ》げ揚《あ》げてください！」

「陽都《あきと》、結婚式《けっこんしき》は沖縄でやってくれ。娘《むすめ》が行きたがってるんだ。サマーウエディング」

「店長、配達の注文も入ってます！」

これ以上オモチャにされたら辛《つら》すぎる。

楽しそうにしていた店長も入った注文画面を見てやっと立ち上がった。

「大口やな」

「いきます」

俺は唐揚《からあ》げが入ったパックを、リュックに入れながら言った。

すると吉野《よしの》さんもペーパータオルで口元を拭《ふ》いて、

「あっ、じゃあ……お邪魔《じゃま》だと思うんですけど、私も一緒《いっしょ》に配達行ってもいいですか？　辻尾《つじお》くんが背負ってるリュック、私も背負ってみたいです」

「おっ！　量が多いから頼《たの》んでいい？」

「はい！」

そう言って吉野《よしの》さんは笑顔《えがお》を見せた。

吉野《よしの》さんも一緒《いっしょ》に？　俺は唐揚《からあ》げが入った保温リュックを吉野《よしの》さんにも背負わせた。

「結構重いけど大丈夫《だいじょうぶ》？」

「大丈夫《だいじょうぶ》！　わ、こんな感じなんだね。後ろに引っ張られる！」

「スクエアだからちょっと重心狂《くる》うけど」

「ううん、行こう。わあ、楽しい！」

そう言って俺と吉野《よしの》さんはリュックを背負って店を出た。品川《しながわ》さんが話し足りなそうに唇《くちびる》を尖《とが》らせて見てるけど、ダッシュで逃《に》げ出《だ》す。これ以上オモチャにされるのはお断りです！

配達先は通路を三本ほど行った奥の店だ。二店舗《てんぽ》とも普通《ふつう》のキャバクラだから、店に入った瞬間《しゅんかん》におっぱい丸出しの女の子が出てきたりしないから安心だ。

吉野《よしの》さんはリュックの肩紐《かたひも》をギュッと握《にぎ》って、身体《からだ》が上下に動かないように、リュックが揺《ゆ》れないようにサササと走っているように見える。

「忍者《にんじゃ》みたい」

俺は思わず笑ってしまう。

「だって、中で唐揚《からあ》げがひっくり返っちゃうかも」

「固定してあるし、専用のパックに入ってるから大丈夫《だいじょうぶ》だよ。俺もカレーの時は少し丁寧《ていねい》に運ぶけど」

「このリュックでカレーも運ぶの⁈　絶対べちゃあああってなっちゃうよー」

ふたりで笑いながら道を走り、順番に配達した。

店に入る時に毎回丁寧《ていねい》に頭を下げて挨拶《あいさつ》していて、どこで何をしても吉野《よしの》さんらしいなあと思ってしまった。

吉野《よしの》さんが居てくれなかったら、店に戻《もど》って、もう一度行かなきゃいけない量だったので助かってしまった。

俺について夜の町を走った吉野《よしの》さんは少し頬《ほお》を上気させて、

「わああー……思ったより大変だ。階段がすごく細くて、それに裏は暗くて怖《こわ》いのね」

「表の道は歩いてる人が多いから、わざと裏道を通ってる所はある。でも裏道はさ……」

俺はふと思い出して、ビルとビルの間の抜《ぬ》け道《みち》に吉野《よしの》さんを誘《さそ》った。

外階段しかなさそうに見える空間の奥に実は道があって、ここを入って、裏側からしか上れない階段の二階に向かう。吉野《よしの》さんは鼻をクンクンさせた。

「んんっ、なんか甘い匂《にお》いがする。こんな路地裏で⁈　すごく甘い、それに揚《あ》げてる匂《にお》い！」

「正解。実はこのビルの裏階段から入ったところの二階にさ……ほら、チュロスだけ売ってる店があるんだよ」

「え——⁈　なんでこんな所に⁈　もっと表でお店しないとお客さん来ないよね⁈」

「表向きは夜営業の居酒屋なんだけど、昼間は裏口だけ開けてチュロス売ってるんだって。なんか働いてる人が店でこっそり出してたんだけど評判になって、昼も営業始めたんだってさ。俺も最近知ったけど、これが旨《うま》いんだよ」

店の前にいくと、どこの国の人なのかわからない……肌《はだ》が黒くてとにかく身体《からだ》中に色んなアクセサリーを付けた方が、

「シナモン？　シュガー？」

とだけ聞いてくる。俺はこの前食べて美味しかったシナモンを二本頼んだ。

すると小窓から二本のチュロスと電子マネーをタッチするマシンが出てきた。

前も思ったけど、闇取引《やみとりひき》感がスゴい。俺はスマホで支払《しはら》って一本を吉野《よしの》さんに渡《わた》した。

揚《あ》げたてでふわふわのカリカリで、シナモンがたっぷり付いていてものすごく旨《うま》い。

最近風俗《ふうぞく》の女の子たちに「唐揚《からあ》げついでにチュロス買ってきて！　金は二倍はらう！」とオーダーを受けて知った。

チュロスは細いから、口紅した状態で食べやすくて流行《はや》っているらしい。

吉野《よしの》さんはそれを食べて目を輝《かがや》かせた。

「サクサク！　それに油《あぶら》っこくない！　カレーのあとだとすごく甘く感じる、美味《おい》しい——！」

「カレー大丈夫《だいじょうぶ》だった？　無理して食べなくても良かったのに。あのカレーまじで辛《から》いから」

「ううん。本当に大丈夫《だいじょうぶ》だったけど、口の中がカレー!!　ってなってたの。でもこれで甘くなった。ありがとう気にしてくれて」

そう言って吉野《よしの》さんは非常階段をピョンと下りた。

ヒールがカツンと高い音を立てて階段に広がる。

ベージュのウイッグを揺《ゆ》らしながら吉野《よしの》さんは階段を一段一段下りながら、

「明日はお母さんに頼《たの》まれたお寺の清掃奉仕《せいそうほうし》でね。はー、やっぱり断れば良かったかなあって。どうして断れないいんだろうって、ぐるぐる考えたけど元気が出た！　辛《から》いものってそれしか考えられなくなるから好きなの」

俺も吉野《よしの》さんの後ろを歩いて階段を下りながら、今日思っていたことを口にする。

「吉野《よしの》さんって本当に年上の人と話すのが上手だと思った。店長、わりと顔が怖《こわ》いから皆《みんな》ビビって話さないけど」

吉野《よしの》さんは階段をピョンピョン下りながら、

「辻尾《つじお》くんの知り合いってだけで助けてくれて、まず優《やさ》しい！　それにカレーも美味《おい》しくて、写真も上手で、娘《むすめ》さんを溺愛《できあい》してて奥様も褒《ほ》めてた。すてきな人だと思うよ」

「色眼鏡を外して人とちゃんと話せるから、吉野《よしの》さんのお母さんはボランティアを手伝ってほしいし、食事会に来てほしいって思うんだろうなーって、今気がついた」

「……そうね。色んな人と話すのは、嫌《きら》いじゃないの」

吉野《よしの》さんは「えい！」と最後の階段を下りて振《ふ》り向《む》いた。

ベージュのウイッグが夕日の金色を飲み込んでキラリと光る。

ビルの隙間《すきま》、本当に少ししか光が入ってこない切り取られた空の下、吉野《よしの》さんが俺に向かって手を伸《の》ばしてきた。

俺はその小さい掌《てのひら》を握《にぎ》った。吉野《よしの》さんは嬉《うれ》しくて仕方が無いという笑顔《えがお》で、目を細めて俺の腕《うで》にネコが甘えるみたいにスリスリと頬《ほお》をすり寄せた。

「……普通《ふつう》にしてたことを、ちゃんと見て貰《もら》えるのって、思ったより嬉《うれ》しい」

「いやいや、普通《ふつう》にできるのがすごいと思うけど」

俺は吉野《よしの》さんを抱《だ》き寄せようとして背中に手を回したら、あまりにも大きなリュックで、それごと吉野《よしの》さんを抱《かか》えるみたいになってしまった。

吉野《よしの》さんはケラケラと笑い、

「抱《だ》っこできないー！」

「……戻《もど》ろうか」

俺たちは手を繋《つな》いで裏路地を歩き始めた。

いつもの裏路地なのになんだかすごく幸せで、俺は吉野《よしの》さんの手を優《やさ》しく握《にぎ》った。

第6話　まさかの再会

気温は高いけれど、湿度《しつど》がなくてサラリとした空気が入ってくる昼休み。

中園《なかぞの》は食べ終わった弁当箱をカバンに投げ込んで、

「うぃっす、ごちそうさま。部室行こうぜ。俺ヤンデレゲーの続きしたい」

一緒《いっしょ》に食べていた平手《ひらて》もカバンを抱《かか》えて、

「いいね、俺も漫画《まんが》読みたい」

そう言って立ち上がった。俺も弁当箱を片付けた。

結局誰《だれ》よりもテンションを上げた中園《なかぞの》が部活開始届けを出し、映画部をはじめることになった。中園《なかぞの》が勝手に届けを出したのに、部長は俺。副部長は吉野《よしの》さん。それを「はいはい」って受け取る内田《うちだ》先生もどうかと思うけど。

廊下《ろうか》でピョンピョン跳《は》ねている姿が見えて、

「辻尾《つじお》っちー！　紗良《さら》っちー！　部室いこ――！」

と穂華《ほのか》さんが廊下《ろうか》で呼んでいる。

吉野《よしの》さんの方を見ると、丁度お昼ご飯を食べ終わったのか、片付けを終えてこっちを見た。

こんな風に教室の中で自然にアイコンタクトできるのが、部活なんて面倒《めんどう》なものをする最大のメリットだ。すんなり出て行けるのは、マジで良《い》い。

俺と中園《なかぞの》と平手《ひらて》が立ち上がると、ふわりと香るバラの匂《にお》い……熊坂《くまさか》さんだった。

熊坂《くまさか》さんは松葉杖《まつばづえ》をついた状態で中園《なかぞの》の前に来て机に腰掛《こしか》けて、

「えー。中園《なかぞの》くん映画部作ったって本当なんだ？　辻尾《つじお》くんの動画すごく良かったし私も入りたいなあ」

「熊坂《くまさか》、今松葉杖《まつばづえ》じゃん。部室あるの専門棟《とう》の三階だし、ここからめっちゃ遠いぜ。足を治したら遊びに来いよ」

「え——、心配してくれるんだ、ありがとう～」

そう言って熊坂《くまさか》さんは教室から出て行く俺たちを見送った。

俺は廊下《ろうか》を歩きながら中園《なかぞの》の横に立ち、小声で、

「……お前、バレー部じゃん、何言ってるの⁉　とか言わねーんだな」

「いや、うちは兼部《けんぶ》認められてるじゃん。加藤《かとう》は野球部とサッカー部と剣道《けんどう》部入ってるだろ」

「げ。すげーな。運動部網羅《もうら》してるじゃん」

「怪我《けが》治るのに二週間かかるだろ。そのあと大会あるって言ってたし、こっちにはこねーだろ」

「拒絶《きょぜつ》しないのがすごい。なんつーか……ほんとお前がモテるの分かるわ」

「熊坂《くまさか》は扱《あつか》いやすいほうだろ」

そう言って中園《なかぞの》は持っていたオレンジジュースのパックをペコペコと吸った。

俺と平手《ひらて》は中園《なかぞの》の後ろで「?」顔をする。熊坂《くまさか》さんが扱《あつか》いやすい……猛獣《もうじゅう》使いか何かか……?

でも最近は体育祭で中園《なかぞの》のファンが増えてクラスに見に来る女子も増えた。俺がインスタにアップした動画は今も拡散を続けていて、中園《なかぞの》と一緒《いっしょ》に話しかけられることもある。教室にいるのが少しイヤになってきてたから、部室は助かるかもしれない。

穂華《ほのか》さんは職員室から借りてきた鍵《かぎ》を見せながら、

「掃除《そうじ》が終わったら、お昼も部室で食べましょうよ。鍵《かぎ》なら私が取ってきますから」

「この部室クーラーないから、これ以上暑くなったらそれは無理っしょ」

中園《なかぞの》は制服のネクタイを緩《ゆる》めてワイシャツを引っ張り、風を送りながら苦笑《くしょう》した。

確かに。専門棟《とう》の屋上には無数の室外機が並んでるのに、映画部の部室にはクーラーがない。元々音楽準備室で物置の横だったから？　パソコンが熱暴走しそうで怖《こわ》い。

「ほいしょー！」

穂華《ほのか》さんが部室の鍵《かぎ》を開けると、ものすごく明るく、窓を見るとカーテンがなかった。

吉野《よしの》さんは手に持っていた袋《ふくろ》から真っ白に洗われたカーテンを取りだした。

「洗っておいたの」

そう言ってカーテンを広げると、ふわりと吉野《よしの》さんの香りがして小さく「うわ」と思う。洗《せん》濯《たく》物なんてどこの家でも同じような洗剤《せんざい》を使って、同じような洗濯機《せんたくき》で洗っているだろうに、どうしてカーテンも吉野《よしの》さんの香りになるんだろう。

この前カレーを食べたあと、抱《だ》き寄せた吉野《よしの》さんの身体《からだ》が熱くて、この香りがしていたことを思い出してドキドキしてきた。

一緒《いっしょ》にカーテンを付けていたら、窓の下に見えるグラウンドで遊んでる奴《やつ》らが手を振《ふ》ってくる。俺と吉野《よしの》さんは一緒《いっしょ》に手を振《ふ》って応《こた》えた。

やべー、部活最高なんだけど。

「……げ。陽都《あきと》。ちょっとこっち来いよ」

パソコンでヤンデレゲーをしていた中園《なかぞの》が俺を呼んだ。中園《なかぞの》はモニターを見せながら、

「JKコンの部活部門に新山《にいやま》こころいるじゃん」

俺はその名前を聞いて、心底嫌《いや》な気持ちになり、表情を歪《ゆが》めた。

マジで聞きたくない名前だ。

平手《ひらて》とお菓子《かし》を食べながら漫画《まんが》を読んでいた穂華《ほのか》さんがトコトコと寄ってきて、

「どっかのアイドル？　私が知ってる子かな？」

中園《なかぞの》は「ええの？」という顔をして、横目でチラリと俺を見た。

まあ、このメンバーなら知られても良いというか、新山《にいやま》もエントリーしてるなら、説明しないといけない。それにもう二年経《た》ってるから、たぶん平気だ。俺は大きなため息をついて、

「……俺さ、中学の時に新山《にいやま》を盗撮《とうさつ》したって言われて、陸上部やめてるんだよ。当然えん罪だ

けどクソ面倒《めんどう》だった」

「え〜⁉　マジで？　えん罪とかヤバすぎ〜〜〜⁉　どの子⁉」

穂華《ほのか》さんは中園《なかぞの》の横の席に座った。中園《なかぞの》は画面を手で隠《かく》して、穂華《ほのか》さんの方を見た。

「ちょっとまって穂華《ほのか》ちゃん。目を閉じてて」

「ふむふむ、準備できましたよ」

「ほい、どうぞ」

「ほえ〜、立派なお胸〜うわ、腰細《こしほそ》、ケツデカ、足細！　アニメキャラじゃん！」

「ほい、顔どうぞ」

「え、なんかすごく昔っぽい顔とメイク。髪《かみ》の毛《け》真っ黒で輪郭《りんかく》隠《かく》すみたいな髪型《かみがた》珍《めずら》しい」

「顔が古くさくて本人もそれ知ってて、開き直りからの昭和のアイドルヘアなんだよな〜」

そう言って中園《なかぞの》は笑った。

新山《にいやま》こころは、Ｆカップの巨乳《きょにゅう》に細い腰《こし》、大きなお尻《しり》に細い足……とにかくスタイルがすごいので有名だった。

本人は走るのが好きで陸上部に所属していたけど、そのスタイルゆえ彼女を一目見たくて練習をのぞきに来る変態が多発した。

スマホで画面を見ていた平手《ひらて》が口を開く。

「エントリー高校……久米《くめ》工業。あそこ、わりとガチだから女子が行くのは珍《めずら》しいね」

中園《なかぞの》は頷《うなず》いて、

「新山《にいやま》の家は車の修理工場してて、親に言われて工学科行ったはず」

横から画面をのぞき込んだ穂華《ほのか》さんは「エントリー部活名……新山部《にいやまぶ》？」と首を傾《かし》げ、

「相撲部屋《すもうべや》か！」と中園《なかぞの》は手を叩《たた》いて笑った。

そんなこと言ったら俺たちだって、元映画部をエントリーのためだけに復活させて利用しようとしてるんだから、事実上『穂華部《ほのかぶ》』ではある気がする。

俺はエントリー画面の横にあった紹介《しょうかい》動画を再生する。

そこには工学科も何も関係ない、ただ海で撮影《さつえい》した動画が流れ始めた。

強調されるのはとにかく身体《からだ》……お約束の白い水着……そしてこれは間違《まちが》いなく宇佐美《うさみ》が撮影《さつえい》したものだと分かる。

宇佐美《うさみ》は中学の時から可愛《かわい》い女の子を撮影《さつえい》するのが好きで、何度かアイドルの撮影会《さつえいかい》にも行っていたし、その写真や動画を見せてもらったこともある。

カメラワークとか編集とかにクセがあるから分かる。

たしか宇佐美《うさみ》も久米《くめ》工業に行った気がする。きっと……新山《にいやま》部を作ったのは宇佐美《うさみ》だ。

俺は過去を思い出して、ゆっくりとみんなに説明をはじめた。

「……中三になったばかりの頃《ころ》、新山《にいやま》こころの練習風景がネットにアップされたんだよ。身体《からだ》ばかり狙《ねら》った動画でさ。そのあと更衣室《こういしつ》が盗撮《とうさつ》されて警察沙汰《ざた》になったんだけど、犯人が捕《つか》まらなくて」

　俺は皆《みな》が静かに聞いてくれるのが少し落ち着かなくて、頭を掻《か》き、話を続ける。

「その頃《ころ》俺、怪我《けが》して部活休んでたんだよ。二週間くらい休んで久しぶりに部室に行ったらさ、宇佐美《うさみ》って……まだ確定じゃないけど、たぶんこの新山《にいやま》動画を撮《と》ってるヤツで……中学の時まで友達だったんだけど、そいつが『盗撮《とうさつ》犯。最近部活にいないヤツが怪《あや》しくね？　だから俺は正直陽都《あきと》だと思う』って言ってるのを聞いちゃったんだよな」

「酷《ひど》い……」と小さな声で吉野《よしの》さんが言い、「サイテー……」と穂華《ほのか》さんはため息をつく。

　俺は続ける。

「宇佐美《うさみ》は幼稚園《ようちえん》から一緒《いっしょ》で、カメラが趣味《しゅみ》で一緒《いっしょ》に撮影《さつえい》会とか行ってた仲だったから、まー……気分悪くてさ。何が最悪って、次の日には俺が犯人だって周りが決めつけてきてさ」

　学校に行ったら机の中に新山《にいやま》の写真が入っていたり、黒板に新山《にいやま》と俺の相合い傘《がさ》が描《か》かれていたり、盗撮《とうさつ》しないで告白すればいいのにと言ってくる女子もいた。先生にも呼び出されて「今なら傷は浅い」とか真顔で言われた。

　さすがにこれはキツすぎて言えない。

　俺は悪くなってきてしまった空気をなんとかしたくて、

「でもまあ、中園《なかぞの》だけはずっと違《ちが》うって言ってくれて助かった」

「俺は陽都《あきと》が足派だって知ってたからな」と中園《なかぞの》はウインクした。

軽く流してくれて助かるけど、あの頃《ころ》は中園《なかぞの》がいなかったら学校なんて行きたくなかった。

それに休んだら俺が盗撮《とうさつ》犯だと認めることになる。絶対してないし、強い気持ちで無理矢理学校に通った。

「結局犯人は、新山《にいやま》の前で露出《ろしゅつ》して捕《つか》まったんだよ。家に山のように盗撮《とうさつ》データがあって痴漢《ちかん》とか余罪がたっぷりあるサラリーマンで、ニュースにもなった」

「良かった……」

と張《は》り詰《つ》めた息を吉野《よしの》さんが吐《は》き出《だ》して、俺のほうを見た。

俺はなんとなく居たたまれなくて視線を外す。

実際はここからが本当の地獄《じごく》だった。濡《ぬ》れ衣《ぎぬ》はすぐに晴れたけど、その後、何もなかったように接してきた周りがなによりキツかったからだ。

昨日まで陰《かげ》で「変態」と言っていたやつが「違《ちが》うのかよ～」と普通《ふつう》に笑いかけてくる。

昨日まで「気持ち悪い」と言っていた女子が「陽都《あきと》くんおはよ！」と笑いかけてくる。

どっちの顔が本当なのか分からず、今口にしてる言葉が本当かも分からず、怖《こわ》くなって学校に行けなくなった。むしろ犯人が捕《つか》まった後に俺は不登校になったんだ。

今もクラスで目立ちたくないと思ってしまうのは、あの頃《ころ》知ってしまったクラスメイトの裏表が大きい。誰一人《だれひとり》本音なんて言わない……その恐怖《きょうふ》が俺の根底にある。

空気が静まってしまって困っていると中園《なかぞの》が、

「サイテーだったぞ、あの時のクラスも教師も。何言っても聞きゃしない」

「……マジでな」

と俺は頭を掻《か》いた。穂華《ほのか》さんは明るい声で、

「さすが中園先輩《なかぞのせんぱい》ですね！」

「最後に信じられるのは性癖《せいへき》だね」

と平手《ひらて》も笑った。吉野《よしの》さんは何も言えずに俺を見ている。

もう二年も前の話だし、まだ気にしてると思われたくなくて話したけど、やはり吉野《よしの》さんには知られたくなかった。

俺は吉野《よしの》さんの視線から逃《に》げるように、中園《なかぞの》の横に座り新山《にいやま》の紹介《しょうかい》動画を見た。

「……やっぱりこれ撮影《さつえい》してるの宇佐美《うさみ》だと思うんだけど」

中園《なかぞの》は、

「そうだと思うよ。宇佐美《うさみ》インスタで新山《にいやま》のファンクラブみたいなことしてるし」

そう言って見せてくれた宇佐美《うさみ》のインスタには、新山《にいやま》の写真で溢《あふ》れかえっていた。

不自然なほど胸元《むなもと》を開けた制服を着た新山《にいやま》が『ＪＫコンに参加します！　お気に入り登録よろしくね！』と飛《と》び跳《は》ねていたり、男子生徒三十人ほどに囲まれた新山《にいやま》が『ＰＶも大切なんだって！　毎日きてね！』と真ん中に立っていたり。宇佐美《うさみ》のインスタなのに、映っているのは新山《にいやま》のみ。コメントも新山《にいやま》のファンが多いように見えた。

それを見て平手《ひらて》は、

「工業高校の姫《ひめ》ってやつだ。これも計算してやるタイプの子？」

中園《なかぞの》は軽く頷《うなず》きながら、

「男に囲まれるのが好きなのは昔からだな。ていうか男以外一緒《いっしょ》にいたのを見たことがない」

それを聞きながら、俺は椅子《いす》にもたれて思った。

……なんかマジで、すっげーイヤになってきたな――。JKコンを手伝うのが。

なんでわざわざ嫌《きら》いな奴《やつ》らがいる所に出向かなきゃいけないのか分からない。

穂華《ほのか》さんと中園《なかぞの》がワイワイと騒《さわ》ぎながらサイトを見ている横で俺はため息をついた。

俺の横の席に吉野《よしの》さんが来て服の袖《そで》をツンと引っ張った。

「……辻尾《つじお》くん、もう、大丈夫《だいじょうぶ》、なの？」

もっとフザけて普通《ふつう》に話せるつもりが、空気を悪くしてしまった事が恥《は》ずかしくて、吉野《よしの》さんの横でどういう顔をしたら良《い》いのか分からなくなり、その引っ張られた手を振《ふ》り払《はら》い、逃《に》げるようにパソコン画面を落として立ち上がった。

「大丈夫《だいじょうぶ》だよ。だから話したんだ。さ、戻《もど》ろっか。掃除《そうじ》も何もできなかったな」

「マジそれな、です。来週から本格的にやりましょー！」

そういって穂華《ほのか》さんは笑顔《えがお》を見せた。

来週から、か。マジでイヤになってきたけど、もう逃《に》げられないのかなと俺は部室を出た。

第7話　私に何かできるのかな

辻尾《つじお》くんの話を聞いてから、心がチクチクして痛む放課後。

帰ろうとしたら穂華《ほのか》が「駅まで紗良《さら》っちと一緒《いっしょ》～～！」と後ろから飛びついてきた。

「バイトだから途中《とちゅう》までよ？」と伝えたら「穂華《ほのか》もお仕事だから！」と腕《うで》に絡《から》みついてきた。

そして口を尖《とが》らせた。

「むーん……なんか辻尾《つじお》っちをイヤなことに巻き込んじゃったかなあー。まさか因縁《いんねん》の相手が同じ所にエントリーしてるなんて……どうしよう」

穂華《ほのか》はいつの間にか友梨奈《ゆりな》と親友になり、気がついたら家に来るようになっていたけど、周りを見ていて気を使える所が好きだ。軽く目をのぞき込んで、優《やさ》しく話しかける。

「穂華《ほのか》は何も悪くないわ。たまたまでしょう？」

「私だったら、千載一遇《せんざいいちぐう》のチャンス、殺す！　って思うけど、辻尾《つじお》っちそのタイプ～～～？」

「……どうかしらね」

「やろうってゴリ押ししたけど、もしダメだったら他の方法考えるしかないか～。ＪＫコンって三回しかチャレンジできないからぜったいチャンス逃《のが》したくないんだよねー」

穂華《ほのか》の事務所は所属タレントの数が多くて有名だ。

女優さんや、ダンスが上手なアイドルが多数所属していて、事務所の一押《いちお》しにならないと仕事は入れてもらえないらしい。穂華《ほのか》は話上手で、誰《だれ》とでも話せて物怖《ものお》じしないので、会社のYouTubeチャンネルで司会のようなことをしてるけど、それだけでは弱いと自覚しているようだ。

私は昔からの友達として応援《おうえん》している。

穂華《ほのか》は「とりまレッスン頑張《がんば》るー！」と反対側に向かう電車に乗っていった。

私は穂華《ほのか》に手を振《ふ》り、電車に乗り込んでスマホを開いた。

さっき……部室で辻尾《つじお》くんの話が衝撃《しょうげき》的で、何も言えなくて、それでも心配になって、袖《そで》を引っ張ったら、逃《に》げられた。それが気になって……「バイトが終わったら一緒《いっしょ》に帰らない？」とLINEしようとして、手が止まった。

今日は金曜日で、お母さんと友梨奈《ゆりな》が三重《みえ》に行っている。だから家に帰るのが遅《おそ》くなっても構わないのだ。話がしたいなと思ったんだけど……送れなくて、ずっとLINEの画面を見てる。

話がつらくて、なによりその時横にいたかったな……と心底悲しくなってしまう。

一緒《いっしょ》にいたらすごく怒《おこ》ったし、傷ついた辻尾《つじお》くんの横にいたのにと思ってしまう。そんなのあり得ないし、無理なのに。

過去には戻《もど》れなくて、今の私には何もできなくて。

不登校になった時期にバイト先に投げ込まれた……それだけは聞いてたけど、学校であったことが酷《ひど》すぎる。

つらい気持ちが分かるからこそ、安易に踏《ふ》み込めない。

思わず「もう、大丈夫《だいじょうぶ》?」なんて聞いちゃったけど、大丈夫《だいじょうぶ》なはずがない。

いや、大丈夫《だいじょうぶ》かもしれないんだけど……もう分かんない。

私はスマホをカバンに入れて目を閉じた。

……私自身がすごく先を読んで気を遣《つか》って生きてるから、私にも気を遣《つか》ってほしいと思っていて、そうしてくれない世界をきっと憎《にく》んでる。

だから逆にこういう時、どうしてほしいのか、全然分からない。私だったら、何をされても、何を言われても、心に届かない。逃《に》げ出《だ》してしまう。

もっと聞いた方がいいのか、聞かないほうがいいのか、笑顔《えがお》がいいのか、泣いたらいいのか、どの私が正解なのか、分からない。

嫌《きら》われるのが怖《こわ》くて怖《こわ》くて仕方なくて、何もできない。


「ありがとうございました!」

私は店内で両手を頭の上にあげてピョコピョコと動かした。これがこのお店でお客さんを見送るポーズだ。最初はなんだろう?　と思ったけど、すぐに慣れた。

ここに来る前にファミレスでウエイトレスもしたけど、お客さんに電話番号を渡《わた》されたり、店の外で待たれたり、勝手に写真を撮《と》られたり、散々な目にあった。

他の子に聞いてみたら「若い女ってだけで色々めんどいよ。完全に裏に入るか、開きなおって外に出るしかない」と言われて、今所属している派遣《はけん》会社を見つけて、この店に来た。

この店は服装がすごいけれど、メイド以外は全員強面《こわもて》の男性で逆に安心。強引《ごういん》に手を繋《つな》がれたり、触《ふ》れられなくなった。

正直ファミレスでバイトしてた時は誰《だれ》も守ってくれなくて、アルコールを飲んでる人も多くて、怖《こわ》かった。この店はソフトドリンクオンリーなのも嬉《うれ》しい。

写真を勝手に使われたりしたけれど、正直ファミレスにいた酔《よ》っ払《ぱら》いのほうが怖《こわ》かった。

「サーラ、あっちの片付け頼《たの》んでもいい？　私指名が入っちゃった」

呼ばれて私は他の席に片付けに向かった。

私はこの店でサーラと名乗っている。本名は危険なので自分で名前を付けられるのだが、紗《さ》良《ら》からのサーラ。正直なんでも良《い》い。

この店はメイドを指名することができる。追加でお話しタイムや、同席タイムも選択《せんたく》することができるけど、それを受付可能にするか女の子に任されていて、私はしてない。指名が増えると給料も上がるけど、その分トラブルも増える。

私以外の子は同席タイムを受け付けてるので、必然的にひたすら片付けの係になるけど、これで高時給が貰《もら》えるんだからラッキーだと思ってしまう。

ただとにかく短いスカートで掃除《そうじ》する人になってる気もする。

トイレ掃除《そうじ》をしてキッチンのゴミを外のバケツに運ぶ。

「お、紗良《さら》ちゃん発見や」

「店長さん、こんばんは」

私がゴミ箱周辺の掃除《そうじ》をしていたら、辻尾《つじお》くんのお店の店長さんが歩いてきた。

その横にはうちのカフェのオーナーもいた。いつもはお店で偉《えら》そうにしてるけど、店長さんと一緒《いっしょ》だと身体《からだ》を小さくしていて少し楽しい。

オーナーは「じゃあすいません、またよろしくお願いします」とカフェの中に入り「サーラと話があるんやったら事務所使ってください」と去って行った。

店長さんは「すぐ仕事にいくから大丈夫《だいじょうぶ》や」と笑い、私にあのチュロスを渡《わた》してくれた。

「あ、これ。この前辻尾《つじお》くんに教えてもらいました」

「美味《おい》しいよな～。同じ住所内で違《ちが》う店は出せんから闇《やみ》営業みたいになってるけど、金貯《た》まったら表に出てくるやろ」

「そういう事なんですね」

「よくある話や。どう仕事は？　ていうか、やっぱ制服すっごいな、おじさんちょっと目のやり場がないわ。陽都《あきと》は店に来てるの？」

店長さんは「あいやー」と目を閉じて口にチュロスを入れた。私は短いスカートに触《ふ》れて、

「もう慣れました。わりと可愛《かわい》くて好きなんです。辻尾《つじお》くんもオーナーに引っ張り込まれた形ですけど、来てくれましたよ」

「あー、あの時や。いやもう、そんな可愛《かわい》い紗良《さら》ちゃん見たら、内心メッチャ喜んでたんちゃうか？　アイツ。いや〜、陽都《あきと》がうちの店にきた時はメンタルぐずぐず、しょんぼりボーイだったのに、紗良《さら》ちゃんみたいな可愛《かわい》い彼女できて、あ〜んな元気になっておじさん嬉《うれ》しいわ」

今日知った辻尾《つじお》くんの過去。あんなことがあったらそうなるのは当然だと思う。

店長さんは続ける。

「最初死人みたいな顔してあのリュック背負って走ってたのに、この前ふたりで帰ってきたとき、めっちゃ笑顔《えがお》でな。ホント良かったわ」

じゃあ、そろそろ戻《もど》らんと怒《おこ》られるやろー？　また店来てなー！　と店長さんは帰っていった。

私はホウキを抱《かか》えたまま思う。

死人みたいな顔……それはきっと私も同じだ。ずっとお母さんの思考を読み、そうなりたい、でもできなくて、ずっと必死で自分が嫌《きら》いで情けなくて仕方がなかった。

先生の言うことを全て聞くのも、委員会するのも、全部お母さんの望む私になるためだった。

でも辻尾《つじお》くんと知り合ってから、先生に頼《たの》まれて物を屋上に運ぶのも、委員会するのも、全てが楽しいことに変わったの。

辻尾《つじお》くんの表情が変わったのも、私と知り合ったからだと信じられる。

過去はきっと、今の一歩で色を変える。

辻尾《つじお》くんのことが好きだから、好きな人に踏《ふ》み込むの怖《こわ》くて仕方ないけれど、辻尾《つじお》くんが踏《ふ》み込んでくれた一歩で変われた私がここに居るから、ちゃんとここに居るから。それを伝えたい。

私はバイトを終えて辻尾《つじお》くんのバイトしているお店に向かった。


辻尾《つじお》くんがバイトしているお店は、うちのお店から徒歩十分くらいかかる。

バイトが終わる時間は同じで、いつも辻尾《つじお》くんがお店の近くまで迎《むか》えにきてくれる。

それは変な人に絡《から》まれたからなんだけど……。今日は少しだけ早く上がらせてもらって、辻《つじ》尾《お》くんのお店まで私が迎《むか》えに行くと決めた。

LINEで一緒《いっしょ》に帰りたいって言ったら、断られる気がした。

もし断られたら、次に話しかけるタイミングも、言葉も分からなくなっちゃう。そんなの怖《こわ》い。

夜の町を小走りで走って辻尾《つじお》くんのお店にいく。たった十分なのに、色んな人たちが話しかけてくる。

酔《よ》っ払《ぱら》いはいつも服を摑《つか》んでくるし、スカウトは時給を延々聞いてくる、ホストも飲み屋も、みんな付いてくる。

でも私はもう対処法を知っている。この町にきて誰《だれ》かが近付いてきたら、全力で走って逃《に》げるのが正解だって、それも辻尾《つじお》くんが教えてくれた。

走ってお店に到着《とうちゃく》すると、丁度店長さんが店先に立っていて、帰り支度《じたく》をした辻尾《つじお》くんに声をかけてくれた。辻尾《つじお》くんは目を丸くして、

「！　吉野《よしの》さん、どうしたの？」

「一緒《いっしょ》に帰りたいなって思って。ダメかな」

「……いや……いいよ、うん」

いつもより笑顔《えがお》が少なくて、私のほうを見てくれない。

でも、話したいの。逃《に》げたくない。

第8話　過去の刺と、今の君と

バイトしてると気が紛《まぎ》れて、やっと落ち着いてきた。

正直中三の時からもう二年経《た》ってる。クラスでも上手にやってるし、もう大丈夫《だいじょうぶ》、あの頃《ころ》のことを話すのはなんともないと思っていた。

でも今日久しぶりに新山《にいやま》の動画見て、宇佐美《うさみ》の話をしたら、一気にあの頃《ころ》に気持ちが戻《もど》った。

背中にべたりと取れない汗《あせ》がくっ付いてるみたいな感覚で、気持ち悪くて仕方がなかった。

映画部作ってしまったけど、それは新山《にいやま》なんて居ないと思っていたからで……。そもそもずっと逃《に》げ出《だ》せなくなる苦しさも感じていたし、やっぱり断ろうと考えてしまう。

もう今日は吉野《よしの》さんと一緒《いっしょ》に帰る約束もしてないし、早く帰って寝《ね》よう。

荷物を持ったら、

「陽都《あきと》、紗良《さら》ちゃんが迎えに来てるぞ」

「え？」

裏口にベージュのツインテールのウイッグをかぶった吉野《よしの》さんが立っていた。

一緒《いっしょ》に帰る時はいつも俺が吉野《よしの》さんの店の近くまで行っていたから、吉野《よしの》さんが迎えにくるなんてはじめてで動揺《どうよう》してしまう。

同時に昼間の恥《は》ずかしさがまだ残っていて、一度火傷《やけど》してしまった所がヒリヒリと痛むように心が痛くて、いつものように吉野《よしの》さんを見ることができない。

こんな気持ちになるのがイヤだから、やっぱりＪＫコンに出るのは辞《や》めたいと吉野《よしの》さんに話そうかな……と思い、気を持ち直した。

店長に冷やかされながら店を出て、一緒《いっしょ》に駅に向かって歩き始めた。

今日は金曜日の夜で、この町に一番人が多い日だ。サラリーマンに学生、みんな休み前の時間を楽しく過ごそうと町に出てきている。

ナンパもすごく多くて、女の子たちが声をかけられている。俺は吉野《よしの》さんの方を見て、

「大丈夫《だいじょうぶ》だった？　店に来るまでに変なヤツに声かけられなかった？」

「うん。すごくかけられたよ。でも辻尾《つじお》くんが教えてくれたでしょ？　変なのが声かけてきたら超《ちょう》ダッシュする！　それにあの緊急避難《きんきゅうひなん》所の暗証番号も店長さんが教えてくれたんだよ。０５２４。店長さんの誕生日なんだって」

「えっ……思いっきりすぎてる」

「そうなの。だから今度店長さんにお誕生日のプレゼント買いに行かない？」

「……いいね」

俺がそう言うと吉野《よしの》さんは、遠慮《えんりょ》がちに俺の手に触《ふ》れてきた。

今日はひとりで帰ろうと思っていたけれど、吉野《よしの》さんに会うとやっぱり嬉《うれ》しいし、ヒリヒリした気持ちが少し消える気がする。吉野《よしの》さんは俺の腕《うで》にしがみ付いて、

「実は今日はね、お母さんと友梨奈《ゆりな》が三重《みえ》に行ってて家にいないの」

「平日に？」

「そう明日の朝から講演会があるから、前日から三重《みえ》県に行ってるの。藤間《ふじま》さんのお父さんも、友梨奈《ゆりな》の彼氏《かれし》もいるみたいで、今日は家に誰《だれ》もいないの」

「そうなんだ」

「だから帰るのが遅《おそ》くなってもいいから……辻尾《つじお》くんの家がある駅まで一緒《いっしょ》に行ってもいい？　そこから議員さんに大量に貰《もら》ったタクシーチケットで帰る」

「え……大丈夫《だいじょうぶ》なの？」

「辻尾《つじお》くんが使ってる駅、見てみたいの。私は遅《おそ》くなっても良いけど、辻尾《つじお》くんはそうじゃないから」

「……うん、わかった。一緒《いっしょ》に帰ろうか」

「うれしい」

　そう言って吉野《よしの》さんは笑顔《えがお》を見せた。

　いつもの俺だったら、こんなこと言われたら嬉《うれ》しくて飛び上がりそうなのに、どこか気持ちが落ち込んでいて、そんな自分が少しイヤだ。

　吉野《よしの》さんとは、いつも地下鉄の構内で別れる。吉野《よしの》さんと俺は別の路線に家があって、ふたりとも二十分くらい電車に乗る。

電車が走ってる方向は同じで、同じくらいの時間電車に乗るから、直線距離《きょり》ではそれほど離《はな》れてないんだね……と前に話したことがあった。

だから車だと実は二十分も離《はな》れてないと思う。だからタクシーで家まで帰るなら安心な気がする。

俺はいつもの中央線に乗るために、吉野《よしの》さんを呼ぶ。

「こっち」

「えへへ。なんだか嬉《うれ》しいな。実はこっちの路線、乗ったことないの」

「わかる。用事がないと他の路線って乗らないよな。俺も吉野《よしの》さんが家に帰る地下鉄一度も乗ったことがない」

「確かに、あの地下鉄って、なんか中途《ちゅうと》半端《はんぱ》な所で止まる路線だし、終点に何もないもん。あっ、川があるよ。川、川！」

「子どもの頃《ころ》遊んだり……してないか」

吉野《よしの》さんはにっこりと微笑《ほほえ》んで俺の手を握《にぎ》り、

「うん。ただいつも水面がキラキラしててキレイだなーって思ってみてただけ。辻尾《つじお》くんの家がある駅は結構大きいよね」

「商店街が結構デカくて楽しい。そこに駄菓子《だがし》屋もあるよ」

「夏休みに一緒《いっしょ》に行きたいっ！　すっごく楽しみだな、はやく夏休みになればいいのに！　夏っていえばお出かけだよね、一緒《いっしょ》にお出かけしたいな！」

子どものようにはしゃいで、吉野《よしの》さんは俺の腕《うで》をぶんぶんと振《ふ》り回《まわ》した。

いつもよりテンションが高いように感じて少し戸惑《とまど》いながら、俺は薄《うす》く微笑《ほほえ》んだ。

乗り込んだ電車は結構混雑していて、当然座る席はない。

吉野《よしの》さんは目を輝《かがや》かせて、

「いつもどこら辺に立ってるの？」

「……そんなことが気になるの？」

「うん。辻尾《つじお》くんの日常にお邪魔《じゃま》してるのが楽しいの。外で会ってね、特別なのも嬉《うれ》しいんだけど、今って辻尾《つじお》くんの日常でしょ？　なんかそこに私が一緒《いっしょ》にいられるのが楽しいの」

そんなことで？　と感じてしまうけれど、そう思って貰《もら》えるのは嬉《うれ》しい。

だから吉野《よしの》さんを連れていつも立っている付近に移動した。そして目の前にある広告を顎《あご》でさした。

「いつもここら辺に立って広告見ながら『本を読むだけで最強のパワー』ってなんだろ？　って思ってる」

「この本のＣＭいつもあるよね！　手すりに掴《つか》まってるとスマホ出しにくいから微妙《びみょう》に見ちゃう～」

「分かる。電車で流れてるＣＭも無駄《むだ》に見ちゃうよな」

「天気予報とかスマホで見ればいいのに、なんでこんなの見ちゃうんだろうね」

吉野さんは大げさに「あはははは！」と声を出して笑った。

そして最寄り駅に到着した。

俺がいつも降りている駅に吉野さんが立っている。なんかすごく変で、それでいてドキドキする。

駅の上から降るようなライトに照らされたベージュのウイッグをかぶった吉野《よしの》さんは、髪《かみ》の毛《け》をふわりと揺《ゆ》らして微笑《ほほえ》んで、

「ここが辻尾《つじお》くんがいつも通っている駅！　聖地巡礼《じゅんれい》！」

聖地って、そんな……と思うけど、全部が肯定《こうてい》されていく感じがして恥《は》ずかしくて嬉《うれ》しい。

そして背後にあるコンビニを見て、そういえばＪＫコンの話をしようと思っていた……と思い出す。

でもこんな風に楽しそうにしている吉野《よしの》さんにそんな話しなくても……と思ってしまう。

じゃあいつするんだよと口を開くが、戸惑《とまど》って言葉が出てこない。悩《なや》んで口元を押さえると、俺の胸元《むなもと》にグイと吉野《よしの》さんがしがみ付いてきた。

「……聖地、なんて。ちょっとはしゃぎすぎて、変、かな」

「……え？」

吉野《よしの》さんの声が一気に低くなって、俺は驚《おどろ》いてしまった。

「今日お昼に辻尾《つじお》くんが中学校の時の話をして、私、ごめんなさい、もう大丈夫《だいじょうぶ》？　なんて軽く聞いちゃったけど、そんなの自分に照らし合わせたら全然大丈夫《だいじょうぶ》じゃないって思って……」

吉野《よしの》さんは俯《うつむ》いたまま続ける。俺の胸元《むなもと》を摑《つか》んでいる手が小さく震《ふる》えているのが分かる。

「上手に言えなくて……手を伸《の》ばしたら振《ふ》り払《はら》われて悲しくて、でも元気になってほしくて元気に接してみたけど……なにが正解なのかわからなくて変に感じたらごめん」

その言葉を聞いて俺は自分の頭を殴《なぐ》りたいくらい一瞬《いっしゅん》で反省した。

金曜日の夜なんて、一番危ない夜に俺の所にわざわざ来て、やたらテンションが高くて、なんか変かも、でも嬉《うれ》しいなんて単純に思っていたけれど、吉野《よしの》さんは嫌《きら》われるのが怖《こわ》いから、先を読む子だ。

それなのに今日俺は吉野《よしの》さんに冷たい態度を取った。そして今も逃《に》げようとしていた。それは自分が格好つけるためで……情けない。

吉野《よしの》さんは俺にグイグイと頭を押しつけて、

「……辻尾《つじお》くん。私が屋上に逃《に》げた時、探しに来てくれたから、見つけてくれたから、なんかそんな風に私もしたいって思ったんだけど、上手にできなくてごめん」

「吉野《よしの》さん、ごめん。すげー気を遣《つか》わせた。俺、吉野《よしの》さんの前ではかっこ良くいたかったんだ、だから恥《は》ずかしくて全部に蓋《ふた》して逃《に》げたくて」

「辻尾《つじお》くん、今日はひとりになりたいかなって思ったけど、私もひとりになるために逃《に》げたし、気持ち分かるけど、でも来てくれて嬉《うれ》しかったから、えっと、だから……」

「ごめん、吉野《よしの》さん」

そう言って俺の胸元《むなもと》にいる吉野《よしの》さんの顔を見ると、ボロボロに泣いていて、また化粧《けしょう》がグチャグチャになっていた。

俺は慌《あわ》てて吉野《よしの》さんの手を引いて駅前のコンビニに入り、イートインに座らせた。

そして上着を脱《ぬ》いで吉野《よしの》さんの頭にかけて、メイク落としと温かいお茶を買ってきた。

吉野《よしの》さんは俺の上着の中で再びポロポロと涙《なみだ》を落としていた。

俺は吉野《よしの》さんの横に座り、

「中学の時のこと、俺はもう全然気にしてないつもりだったんだ。だから話しても大丈夫《だいじょうぶ》だと思ったんだけど……やっぱ吉野《よしの》さんには知られたくなかったと思ってたみたいで、すげー恥《は》ずかしくなっちゃって、ＪＫコンもやりたくないって思い始めてた」

「……うん」

「弱いし、かっこ悪いし」

そう言うと吉野《よしの》さんは何も言わずに首を左右にふるふると振《ふ》った。

真っ赤な目も、仕草も全部可愛《かわい》くて、背中に手を置いて抱《だ》き寄せる。

「……あのさ、この店。俺が不登校だった時、ひとりで来てたコンビニで。何年も入ってなか

ったんだ」

「え？　大丈夫《だいじょうぶ》？」

「でもさ、今普通《ふつう》に座って、思ってることを言うなら、吉野《よしの》さんすげー可愛《かわい》い、気を遣《つか》わせて悪かった……だけなんだよな」

「辻尾《つじお》くん……」

「あの頃《ころ》とは違《ちが》って、俺の横には吉野《よしの》さんが居て、通《とお》りかかるたびに嫌《いや》な気持ちになってたコンビニにこうして普通《ふつう》に入れて、なんならここは明るいから吉野《よしの》さんにキスできないなあと思ってる」

吉野《よしの》さんは俺の言葉を聞いて、メイク落としを開けてグイグイと顔を拭《ふ》いた。

何枚も何枚も引っ張りだして、涙《なみだ》でグチャグチャになったメイクを落としていく。

そして俺が買ってきたペットボトルのお茶を持って、半分以上一気に飲んだ。そして俺のシャツの袖《そで》をツンと引っ張った。

「……じゃあもうお店出る」

その仕草も行動も全部可愛《かわい》くて、俺は俺の上着をかぶったままの吉野《よしの》さんの唇《くちびる》にキスをした。

吉野《よしの》さんは俺を上目遣《うわめづか》いで見て、上着の両方を少し引っ張って顔を隠《かく》し、

「……メイク全部適当に落としてるし、目は赤いし、ブサイクだから……ちょっと恥《は》ずかしい」

「吉野《よしの》さんが好き。ごめん、吉野《よしの》さんは嫌《きら》われるのが怖《こわ》いって、あんなに言ってたのに、気を遣《つか》わせるとか、俺なにしてるんだか……」

吉野《よしの》さんは俺の上着で顔を隠《かく》したまま、

「中学の時、一緒《いっしょ》にいたかった。そしたら中園《なかぞの》くんと一緒《いっしょ》に、絶対味方になったのに」

「……ん」

そう聞くだけで、ひとりでこのコンビニのイートインに座って外を見ていた中学生の俺の横に、吉野《よしの》さんが座った。そしてふわりと笑いかけた。

想像するだけで胸《むね》の奥が苦しくなって吉野《よしの》さんを抱《だ》き寄せた。

すると吉野《よしの》さんの頭にかけた上着の胸ポケットでスマホが震《ふる》えているのが分かった。

たぶん母さんだ。いつもの時間に帰ってこないから電話してきてる。

吉野《よしの》さんもそれに気がついて、上着を俺に渡《わた》して席を立った。

「お母さんだよね。ごめん、帰ろうか。ちょうど店の前にタクシーも来たし」

「……うん」

もっと話したくて、名残惜《なごりお》しくて、もっと謝りたくて、触《ふ》れたくて、感謝を伝えたくて。俺は吉野《よしの》さんを追って店を出た。そしてタクシーの所まで歩きながら口を開いた。

「ＪＫコン、やってみようかな」

「……うん」

「昔から思ってたけど、アイツは撮影《さつえい》が下手」

「……おっと？」

「カメラ振《ふ》りすぎて気持ち悪いし、なによりセンスがない」

「……おっと？」

「何より……やっぱり吉野《よしの》さんにカッコイイ所見せたい。かっこ悪いままじゃイヤだ」

「……それを私本人の前で言っていいの？」

「良《い》い。ちゃんと言わないと俺も逃《に》げたくなるし、それで吉野《よしの》さんに気を遣《つか》わせて泣かせちゃうって分かってきた」

「……もう」

そう言ってむくれた吉野《よしの》さんの顔が可愛《かわい》くて仕方がなくて、俺はタクシーに乗り込む直前の吉野《よしの》さんの手を握《にぎ》り、

「家に帰ったら夜電話して良い？」

「うん！」

そう返事して、吉野《よしの》さんはいつも通りの笑顔《えがお》を見せてタクシーに乗って帰っていった。

俺は遠くに消えていくライトを見ていた。昼からずっと心の中がチクチクしてどうしようもなかった気分は全部消えていて、こうなったら逃《に》げるほうがカッコ悪いという気持ちしか残ってなかった。勝てばいいんだ、宇佐美《うさみ》に。

俺は再びコンビニに入って、母さんの好物のクッキーを買った。
また少し遅《おそ》くなったからこれで機嫌《きげん》を取ろうと電話で謝り、自転車に跨《また》がった。
夜風が気持ち良い。別れたばかりなのに、もう吉野《よしの》さんの声が聞きたい。

第9話　繋がった気持ち

私は辻尾《つじお》くんの最寄《もよ》り駅《えき》からタクシーに乗ってトランクルームへ行き、着替《きが》えた。そして溜《た》めてあった洗濯物《せんたくもの》と洗いたいウイッグを持って、再びタクシーを呼び、家に帰ってきた。月に一度くらいお母さんと友梨奈《ゆりな》は前日から出張にいくから、この日にまとめて家で洗《せん》濯《たく》できてアイロンもかけられて助かる。

でもお母さんたちは明日の昼すぎには帰ってくるから、すぐに洗って乾《かわ》かして……と山盛りの荷物を見て思ったけど、泣いて疲《つか》れたのかそのままリビングのソファーに転がった。

「……はあ、良かった、伝えられて」

辻尾《つじお》くんに元気になってほしいと思って頑張《がんば》ったけれど、ものすごく空回りしてしまった気がしていた。何を話しても子どもみたいになって、辻尾《つじお》くんが駅に到着《とうちゃく》した時、戸惑《とまど》った表情をしてて……もうダメだって思った。

やっぱり違《ちが》う、私のやり方じゃダメなんだって苦しくなっちゃったけど……結局全部ぶちまけることで伝えられて良かった。

辻尾《つじお》くんが屋上に追ってきてくれた時みたいに上手にできたと思えないけれど、それでも別れる時はいつも通り……部室の時みたいに薄《うす》い氷が張っているような遠さはなくて、それだけで安心した。

目が、すっごく優《やさ》しいの。私のこと、大好きって分かる。

……嬉《うれ》しい。

カバンに入れていたスマホが鳴り、辻尾《つじお》くんが『家に着いた？』とLINEしてきた。

その一文が嬉《うれ》しくて跳《は》ねるように起きて『着いたよ。今からご飯作るの』と返したら『美味《おい》しくできると良《い》いね！』と返ってきた。

こういう小さい話をたくさんしたいと思う。小さなことをたくさん共有して「そうだね」を交換《こうかん》したいの。それが大きな一歩を踏《ふ》み出《だ》す勇気になるって分かってきた。

私は「よいしょ」と立ち上がって、まずは炊飯器《すいはんき》でご飯を炊《た》いた。

冷凍《れいとう》のご飯もあるけれど、ご飯が炊《た》けるまでの四十分がタイムアタックのようで好き。その間に全部済ませる！

「よしっ！」

まずは持ち帰ってきたウイッグをシャンプーで洗う。

いつも漫画《まんが》喫茶《きつさ》で洗ってるけど、乾《かわ》かすのに時間がかかって、ドライヤーを長く占拠《せんきょ》してしまうのが悪いなと思っている。家だと先に洗っておいて、あとでゆっくり乾《かわ》かすことができる。

ウイッグにオイルを塗り込んでから、食事を作り始める。

このひとりの時間が楽しくて気楽だから、やっぱりひとり暮らしをしたいと思う。

食事をバランスよく作るのも、片付けも、買い出しも、全然嫌《きら》いじゃない。丁寧《ていねい》に暮らすほうがきっと私には向いている。

「よし、これを……ここにかけるのね」

今日は店長さんから頂いたブラックペッパーを使ってみようと思った。

ぶりのバター醤油《じょうゆ》にこれをかけると、すげぇ旨《うま》いから！　と言われてやってみたくなったのだ。バター醤油《じょうゆ》で味付けしたぶりに、パラパラとかけて食べると、

「！　すっごく美味《おい》しい。ピリ辛《から》なのに、甘い！　すごーい……」

食べながらひとりで拍手《はくしゅ》していたら、辻尾《つじお》くんからLINE電話がかかってきた。

「辻尾《つじお》くん、店長さんから頂いたブラックペッパー、すごく甘くて美味《おい》しいの、胡椒《こしょう》ってこんなに違《ちが》うのね」

『吉野《よしの》さん、あれだよ……これ以上店長を褒《ほ》めると、裏通りにある一見骨董《こっとう》品店なのに実はスパイス売ってる店に連れて行かれるよ』

「えっ、なにそれ。あのチュロスみたいなお店？」

『いや、普通《ふつう》の骨董《こっとう》品店で、家具とか売ってる店なんだけどさ、壁《かべ》一面に小さな小物入れがあって、そこにスパイスが入ってるんだ』

「気になる、なにそれ！」

『しかもさ、小皿にスパイス出して、ちょいちょい舐《な》めながら密談するから、完全に怪《あや》しい。あそこに警察踏《ふ》み込んできたら捕《つか》まる』

「行ってみたいー！」

『変なすり鉢《ばち》でゴリゴリ擦《す》る係頼《たの》まれるよ、俺二時間監禁《かんきん》されてゴリゴリ係やったもん。やりすぎると怒《おこ》られるし、やらなくても怒《おこ》られるし、渡《わた》されるのはバイト料金じゃなくてスパイスだし。現代の日本じゃない、あそこだけ大航海時代だよ』

「だめ、面白《おもしろ》い！　スパイスがお金なの?!」

辻尾《つじお》くんと話していると楽しくて、どんどん時間が溶《と》けてしまう。

私は通話を繋《つな》いだまま、家事をして、勉強を済ませた。

辻尾《つじお》くんがお風呂《ふろ》に入るというので通話を一度落として、私もお風呂《ふろ》に入り、髪《かみ》の毛《け》を乾《かわ》かして、調べごとをするためにノートパソコンを開いた。

実は店長さんに聞いてからずっと気になっていた。

「お母さんと、辻尾《つじお》くんのおばあちゃんの接点ってなんだろう……」

いつも連れられて食事会に行っていただけで、どういうNPOの代表をしているのか知らない。ふたりが知り合いなら、心の準備というか、前情報を入れておきたいと思ってしまう。

店長さんにお母さんのことを言われても、なんとか対応できたけど、お母さんに「綾子《あやこ》さんと知り合いなの？」と言われたら動揺《どうよう》してしまう気がする。

落ち着いて対応できるように前知識がほしいけど……何か分かるかな。

辻尾《つじお》くんのおばあちゃんの名前は辻尾《つじお》綾子《あやこ》さん。

調べると不動産会社の役員として名前が出てきた。店長さんに見せてもらった写真より厳しい表情で写ってるけど、なんだか辻尾《つじお》くんと似ている。目元の優《やさ》しさが同じだ。

調べていたら、無料塾《じゅく》を経営してるインタビューが出てきた。

それ以外は同姓《どうせい》同名の別人がたくさん出てきて分からない。私は検索《けんさく》画面を閉じて、お母さんのSNSを見る。

お母さんは政治家はSNSを上手に活用すべきという主張をしていて、かなりの頻度《ひんど》でアップしてくるので、位置情報がすぐに分かる。スマホにかけても電話に出ないことが多いけど、SNSの位置情報で場所が分かり、そこに行ったほうが早いくらい。

位置情報をアップすることで、そこに支援《しえん》者の人たちがくるようにしているのだと言っていたけれど、今はお店で食事をしているようだ。

たくさんの人たちに囲まれて笑顔《えがお》を見せている写真と共に、賛同者のツイートが並ぶ。

『学びたい子が学べる環境作《かんきょうづく》り、吉野花江《よしのはなえ》さんの主張に賛成です！』

お母さんは「女の子なんだから」と言われ、勉強する時間を奪《うば》われたと言っていた。だから性別など関係なく、自分の力で生きていける子に育てる……それが私の育児テーマだったの。今の時代はチャンスの塊《かたまり》よ！　……と、延々聞かされてきた。

意見としては理解できるし、あっても良い主張だと思うけれど、お母さんがそう思った環《かん》境《きょう》に私を入れても、それが幸せとはならない。

私は好きな人のお嫁《よめ》さんになって、専業主婦になる人生だってすごく素敵《すてき》だと思う。

でもそれは、お母さんの過去も、一生懸命声高《いっしょうけんめいこわだか》に叫《さけ》んできた主張もぶち壊《こわ》すようで言えない。

お母さんの主張＝お母さんの人生そのものだからだ。

そこに挑《いど》む覚悟《かくご》なんて、私にはない。

だから受け入れてしまったほうが楽。そうやって生きてきたけれど……。

お母さんのツイートにリプライしている人……それは駅前再開発を請《う》け負《お》っている建設会社の人で、辻尾綾子《つじおあやこ》さんが役員を務めている不動産会社の系列会社だと分かった。ＮＰＯじゃなくてお仕事のほうで繫《つな》がってる可能性もあるのね。

私はベッドに転がって再び通話じゃない……ビデオ通話で辻尾《つじお》くんに繫《つな》いだ。

「辻尾《つじお》くん、もうお布団《ふとん》？」

『……ん。半分寝《ね》てた』

「ごめんね、寝《ね》る前に顔が見たくなっちゃって」

『……ってあれ……これ、ビデオ……わ、ちょっとまって、待て待て、吉野《よしの》さんパジャマ？』

「そう。お風呂《ふろ》から出て、少し調べごとしてたの。おやすみって顔みて言いたいなって思って」

さっきまで音声通話だったけど、寝《ね》る前にビデオ通話を繫《つな》いでみた。

辻尾くんはベッドのなかでぼんやりしてみたいで、眠たそうな顔がすごく可愛いなと思ってみてたんだけど、私を見て画面の向こうで目を丸くした。

『いや……私服の吉野《よしの》さんを少し見慣れてきたところで……パジャマ姿を見ると……こう、うん、ドキドキして目が覚めた』

「普通《ふつう》のパジャマだよ」

『いやいや、もう、良《い》い感じです、はい』

そう言って辻尾《つじお》くんは横になってた姿勢から、座り直し、モシャモシャになっていた髪《かみ》の毛《け》を正して微笑《ほほえ》んでくれた。こういう反応をされると、本当に私のことを大切で、特別に思ってくれるんだなと嬉《うれ》しくなってしまう。

「今度見せる用の可愛《かわい》いパジャマ買ってくる」

『えっ、いやいやいやいや、吉野《よしの》さん、そういう普通《ふつう》のでいいよ、そういう普通《ふつう》の』

辻尾《つじお》くんは何度も『普通《ふつう》がいい』と連呼した。

私が家で着ているパジャマは、本当にシンプルなシャツタイプで寝《ね》ている時に足が熱くなるので、ショートパンツだ。カメラを動かして全身を見せつつ、

「足とかただのショーパンだよ。もっともふもふした可愛《かわい》いパジャマ、辻尾《つじお》くんに見て欲しいのに」

『あああ……もふもふは捨てがたいけど、ショーパンはそのままでいい、いやごめん、これ

は俺の趣味《しゅみ》だ』

辻尾《つじお》くんの画面がガタガタと揺《ゆ》れ始めて笑ってしまう。

辻尾《つじお》くん、ショーパン好きなのか。じゃあ日曜日の図書館デートはショーパンにしようかな。

ビデオ通話を繋《つな》いだまま、私も布団《ふとん》に転がった。

「……辻尾《つじお》くんは正しいのに、受け入れられないことってある？」

『山ほどあるよ。一番嫌《いや》だったのは不登校だった時、みんな普通《ふつう》に学校に行ってるのに何で？って言われたシリーズだな』

「あ、それは辛《つら》そう」

『行くのが当然で正しい。そんなの俺も分かってたけど、少しの間でいいからほっといて欲しかったんだよな』

「うん、そうだね。そうだよ……」

画面の向こうで辻尾《つじお》くんもパタンと横になり、静かな声で語る。

『……今日、本当にごめん。それでありがとう。右にも左にも行けなくて、もう全部捨てて逃《に》げたくなってたけど、わりと変われてる自分に気がついた……』

「うん。それはね、私も辻尾《つじお》くんが屋上にきてくれたとき、そう思ってたんだよ。だから一緒《いっしょ》で、嬉《うれ》しいな」

『あー……なんかもう、すげー吉野《よしの》さんの頭撫《な》でて、すげー抱《だ》っこしたい。その可愛《かわい》いパジャマ姿も、目の前で見たい……』

辻尾《つじお》くんはもう目を閉じた状態で、ウトウトしながらゆっくりと話す。

その静かなトーンは、まるでベッドの中ですぐ横にいるみたいで落ち着く。

「いつか見てほしいな」

『うん……』

「あ……思い出した。月曜日の朝……少し早く行って屋上で一緒《いっしょ》にリコーダーの練習しない？月曜日テストだよね？」

『うん……会いたい……行く……』

そう言って静かに辻尾《つじお》くんの声は寝息《ねいき》に変わっていった。

辻尾《つじお》くんが持っていたスマホの画面は、カタンと回転して暗闇《くらやみ》になった。手から落ちたのだろう。でも寝息《ねいき》はずっと聞こえてきていて、私はスマホを自分の耳元に近付けた。

同じ長さで定期的に、それでいてずっと続く静かな音。

子どもの頃《ころ》、ポコポコと水の中の音をずっと聞いていたことを思い出す。

聞いていると、落ち着いて、私もスマホを抱《かか》えたまま眠《ねむ》りについた。

第10話　朝日の下で一緒に

いつもより一時間はやく学校の最寄《もよ》り駅《えき》に着いただけなのに、色々違《ちが》って新鮮《しんせん》だ。

この時間だと学生よりサラリーマンのが多いんだな。

商店街の真ん中をゴミ収集車が走っていて驚《おどろ》く。なにより少し涼《すず》しくて良い。

俺は学校へ続く商店街を早足で歩いた。

月曜日の朝、いつもより早く登校して、屋上で一緒《いっしょ》にリコーダーの練習しない？　と吉野《よしの》さんに誘《さそ》われて、早起きした。

朝は得意じゃなくていつも母さんに起こして貰《もら》ったけど、最近は目覚ましより早く起きる。

小学生の時も遠足とか楽しみな日だけ早起きしてたのを思い出して笑ってしまう。

到着《とうちゃく》した学校はいつもより人が少なくて、洗ったばかりのシャツみたいにピンとしてて気持ちが良《い》い。

サッカー部や野球部、朝練がある部活のかけ声だけが響《ひび》いてくる校内を移動して教室に入る。

クーラーがまだ入ってないけど、窓が開け放たれていて空気が気持ち良い。吉野《よしの》さんの席を見るともうカバンがかけてあった。もう居る！

俺もリコーダーを持って専門棟《とう》へ走った。

非常階段を駆《か》け上《あ》がり、パスワードを押して中に入ると、日陰《ひかげ》の所に丸椅子《いす》が出してあり、そこに吉野《よしの》さんが座っていた。

「おはよう、辻尾《つじお》くん」

風が強いからか、前髪《まえがみ》がピンで全部留《と》めてあり、そこから丸いおでこが見えている。

朝からすごく可愛《かわい》い。俺は、

「おはよう。待った？」

「ううん。私もさっき来た所。朝の屋上って涼《すず》しくて気持ちが良《い》いね。いつもお昼か、夕方にしか来てなかったもんね」

「そうだね。商店街の中をゴミ収集車が走ってて驚《おどろ》いた。あそこ車入って良いんだね」

「あー。分かる。この時間にだけ通ってるよね。人が少ない時間にゴミ回収してるのかな」

そう言って吉野《よしの》さんは小さく首を傾《かし》げた。

この前の夜、俺はすげー疲《つか》れてたみたいで、吉野《よしの》さんと話しながら寝落《ねお》ちしてしまった。世の中の恋人《こいびと》たちが寝落《ねお》ち通話ってのをしてるとは聞いてたけど、あれがそうなんだと思う。声を聞いてるだけで眠《ねむ》くなって、すげー気持ち良かった。またしたい。

吉野《よしの》さんは「では始めましょう」とリコーダーを持って、課題曲「グリーンスリーブスの主題による幻想曲」をサラサラと吹《ふ》き始めた。

音楽の課題で今日はテストがあるんだけど、俺はあまりに上手な吹《ふ》き方に驚《おどろ》いてしまう。

「えっ、吉野《よしの》さんちょっとまって。練習の必要がないくらい上手《うま》くない？」

「お父さんが音楽好きで、私もピアノ習ってたから楽器は得意なの。聞いたらすぐに演奏できるよ」

「それ絶対音感ってヤツじゃないの?!」

「そんなすごいのじゃないけど、演奏は好き」

そう言って細い指を器用に動かして完璧《かんぺき》に吹《ふ》いた。朝の気持ち良い《い》空気の中、吉野《よしの》さんが美しく吹《ふ》くリコーダーの音が広がっていく。

一度も途切《とぎ》れることなく息の吹《ふ》き込み方まで完璧《かんぺき》で、俺はパチパチと拍手《はくしゅ》してしまった。

「すごい」

「それでね、音楽の授業の時、こっそり見てて気がついちゃったんだけど。辻尾《つじお》くん、すごく適当に吹《ふ》いて誤魔化《ごまか》してない？」

「ぎく」

「今日は三人一組でテストだから、絶対ばれると思うよ」

「ぎくぎく」

「だから吉野《よしの》先生が教えてあげましょう。……というのは口実で、朝一緒《いっしょ》にいたかったの」

そう言って吉野《よしの》さんは前髪《まえがみ》のピンを直しながら目を細めた。

すごく可愛《かわい》くて、その丸いおでこにキスしたくて「俺も……」と立ち上がりかけたら、吉野《よしの》さんがリコーダーを「プピ――――!!」と鳴らして俺を睨《にら》んだ。

「吹《ふ》けますか？」

「……驚《おどろ》くほど吹《ふ》けません」

「知ってた～」

そう言って吉野《よしの》さんは眉毛《まゆげ》をふにゃふにゃにして笑った。

キスしたくて仕方がないけれど、俺のリコーダーの吹《ふ》けなさを見られているなら、ここで手を出したら怒《おこ》られるだけだ。

俺は促《うなが》されるままリコーダーを手に持った。リコーダー……。小学生の時から苦手で中学終わったらもうないだろうと思って高校に進学したら、美術と音楽が選択《せんたく》授業になってて、俺は絵が全く描《か》けないので、逃《に》げるように音楽にしたら、リコーダーが待っていた。いつまでお前に悩《なや》まされるんだ。

俺の横に吉野《よしの》さんが来て、出す音を横で歌ってくれる。

「ファ、ソーラ、シー……」

その声はすごく綺麗《きれい》で、出さなきゃいけない音と全く同じで、俺は音楽なんて全く詳《くわ》しくないけど、なんだかすごい気がする。

吉野《よしの》さんは前に歌なんて好きじゃない、得意じゃないって言ってたけど、これも友梨奈《ゆりな》さんに比べて……なんじゃないかなと思ってしまう。

「ファー、レ、レ、ド、レ……」

「あ――。マジでこの一瞬《いっしゅん》でドに行くのが無理なんだけど」

「辻尾《つじお》くん、まずこの音楽、ドレミで歌える？」

「歌えるはずないじゃん」

「あははは！　答えに迷いがない。ドレミで歌えないから指が迷っちゃうんだよ。見てるとちゃんと押せてるのに間に合ってないもん。よーし、吉野《よしの》先生が横で吹《ふ》くので、辻尾《つじお》くんはドレミで歌ってみて」

そう言って吉野《よしの》さんはリコーダーを持ち、吹《ふ》きはじめた。その横でドレミで歌ってみるが……予想をはるかにこえて理解してないと知った。

楽譜《がくふ》を見ながら読み上げて、ドレミでなんとか歌っていくが……朝はやく来たのにガチでリコーダーの練習だけをしている状況《じょうきょう》がイヤになってきてしまった。

俺は太陽が移動して、日陰《ひかげ》になってきた階段に座った。そして前の段をトントンと叩《たた》いて、そこに吉野《よしの》さんを呼んだ。

吉野《よしの》さんは俺のほうをチラリと見て、

「練習は？」

「するする。するけど、ちょっとだけ抱《だ》っこしたい。いや、ちゃんと練習する。吉野《よしの》さんがここに座って吹《ふ》いて？　ほら音楽って身体《からだ》から響《ひび》いて入ってくるものだから、密着すると身体《からだ》を通して音楽が入ってきて、頭に入りやすい。間違《まちが》いない、これは練習です」

我ながら何を言っているのか意味不明だけど、吉野《よしの》さんは「もう」と唇《くちびる》を尖《とが》らせて、困ったように微笑《ほほえ》み、前の段に座った。

そして俺は後ろから吉野《よしの》さんを抱《だ》き寄せる。普通《ふつう》の階段より低くて、丁度吉野《よしの》さんの頭が俺の顎《あご》の下に来る。

吉野《よしの》さんの身体《からだ》は細い。でも屋上の熱と、練習している汗《あせ》で、少ししっとりしていて……ものすごく良《い》い匂《にお》いがする。

柔《やわ》らかくて、すぐ目の前には吉野《よしの》さんの三つ編みがある。頭の真ん中に髪《かみ》の毛《け》の分け目があって、少し甘いイチゴのような香りがして……自分で提案したけど、ヤバい。

吉野《よしの》さんは俺に後ろから抱《だ》きしめられた状態で、モジ……と動き、

「……なんか恥《は》ずかしいけど、落ち着く」

「やべー……メチャクチャドキドキする」

「心臓の音がすごく聞こえる。なんか、これ……、いいね」

俺の胸元《むなもと》で吉野《よしの》さんは目をゆっくりと閉じた。そのまつげの長さも、透《す》き通《とお》った肌《はだ》も、真っ黒な髪《かみ》の毛《け》も、ものすごく好きで俺は目の横に唇《くちびる》を触《ふ》れさせた。

吉野《よしの》さんは俺のほうを振《ふ》り向《む》いて、頬《ほお》に軽くキスを返してくれた。

黒い髪《かみ》の毛《け》が屋上の風でふわりと揺《ゆ》れて、細めた目が可愛《かわい》い。そしてもう一度俺の前に座り、

「はい、後ろから抱《だ》っこ。これすごく良《い》い。はい、して？」

と肩越《かたご》しに俺を見て言った。

あああああ……あまりの可愛《かわい》さに俺は後ろからグイグイと吉野《よしの》さんを抱《だ》き寄せた。

吉野《よしの》さんは「ちょっと、吹《ふ》けません！　辻尾《つじお》くん、ちゃんと歌ってください。はい吹《ふ》きますよ！」と俺を窘《たしな》めた。

吉野《よしの》先生が厳しい。そんなところも好きだ。俺に後ろから抱《だ》きしめられた状態で、吉野《よしの》さんはリコーダーを吹《ふ》き始めた。

適当に言ったけど、身体《からだ》を密着させてると、音楽が身体《からだ》を伝って聞こえてきて、それに合わせて声を出すのは気持ちが良《い》いとはじめて知った。

「ファー、レ、レ、ド、レ、ミ、ド、ラ……」

冒頭《ぼうとう》の部分は完璧《かんぺき》に歌えるようになってきた。これは気持ち良いし、アリかも知れない。しばらくその状態で歌っていたんだけど、少ししたら吉野《よしの》さんが演奏を止めてしまった。

気になって肩越《かたご》しに顔をのぞき込む。

「どうしたの？」

「……あのね。たまに、辻尾《つじお》くんの声が耳元にきて、すごくドキドキして吹《ふ》けなくなるから、耳の横はやめて、頭の上で歌ってくれないかな」

そういって自分の頭の上を指さした。……かわいい。俺は少しいじわるな気持ちになって、吉野《よしの》さんを後ろから抱《だ》きしめた状態で耳元に唇《くちびる》を寄せてキスをした。

吉野《よしの》さんはビクンとなって飛《と》び跳《は》ねて、俺の前から逃《に》げ出《だ》して耳を押さえて、リコーダーで俺を指し、

「禁止します！」

「……吉野《よしの》先生、練習ができません」

「耳にキスをするのは禁止にします！　耳元で声を出すのも、歌うのも、禁止です！」

「吉野《よしの》先生、このままではリコーダーのテストに落ちてしまいます、大変です」

「禁止です！」

そう叫《さけ》んで吉野《よしの》さんは水が入ってないプールに逃《に》げ込んだ。

俺は笑って追いながら、リコーダーで曲を吹《ふ》いてみた。そしたらさっきより全然吹《ふ》けて驚《おどろ》いた。それを見た吉野《よしの》さんが走って戻《もど》ってきて、

「ね。音楽が分かってないから、指が迷ってただけなんだよ。辻尾《つじお》くん場所は全部分かってたんだから」

「……うん。ありがとう」

どういたしまして！　と吉野《よしの》さんは丸い笑顔《えがお》を見せて、楽しそうにリコーダーを吹《ふ》いて水が入ってないプールの中を歩き始めた。

演奏しながら前を歩く吉野《よしの》さんの後ろを、俺も笛を吹《ふ》きながら歩く。俺はなんだか状況《じようきよう》が面白《おもしろ》くて、

「なんかこういう童話なかった？」

「ハーメルンの笛吹《ふ》き男？　付いていったら、殺されるのよ？　大丈夫《だいじょうぶ》？」

そう言って吉野《よしの》さんが振《ふ》り向《む》いて微笑《ほほえ》んだ。

こんなに可愛《かわい》い子が笛を吹《ふ》いて前を歩いていたら、殺されると分かっていても付いて行ってしまう。

みんな登校し始めた朝の時間。校内放送もかかり始めて、俺たちは人が増えすぎる前に教室に戻《もど》ることにした。

そして三時間目のリコーダーのテストでは、吉野《よしの》さんに習ったところまで完璧《かんぺき》で、あとは一ミリも吹《ふ》けずに音楽の平松《ひらまつ》先生に「練習不足！」とキレられた。

やっぱりほら。吉野《よしの》さんともっと練習しないと……と思って吉野《よしの》さんを見たら、吉野《よしの》さんは耳を押さえて横を見ていた。

ああ、すごく可愛《かわい》い。あの横を見ている顔を正面から見たいと俺は思った。

同じグループの中園《なかぞの》は、笛という観念を超《こ》えて汽笛のような適当さで、俺より下手なコイツと同じグループだったから無駄《むだ》に安心してたのかと気がついた。

中園《なかぞの》といるより、吉野《よしの》さんといたほうが、俺の成績はグングン上がる、間違《まちが》いない。

こんな早い時間に帰るの久しぶりだ。

俺は電車の中でカバンを背負い直した。

今日はバイト先が機材点検のため休みだ。吉野《よしの》さんは習い事の日なので、久しぶりに早く帰って家でメン地下の沖縄旅行を編集することにした。

追加のお願いが来ていて、メンバー全員彼女と一緒《いっしょ》に沖縄に行ったのに、公開する動画の中に彼女たちが存在しないようにしてほしいと頼《たの》まれた。

ええ？　存在消すってどういうこと？　使える所がかなり限られる……というか、そういう風に使うなら彼女同伴《どうはん》で行かなければいいのに……と思うけれど、吉野《よしの》さんと沖縄と考えたら、それだけで全てを投げ出してどこに行くか調べたくなるほど楽しみだから仕方ないなと思った。

電車から降りたら、後ろから声をかけられた。

「陽都《あきと》じゃん」

「……宇佐美《うさみ》」

ホームに立っていたのは久米《くめ》工業のジャージを着た宇佐美《うさみ》だった。

宇佐美《うさみ》は靴《くつ》が入る大きなリュックを背負っていて「久しぶりだなー！」と大きな身体《からだ》を揺《ゆ》らしながら俺のほうに近付いてきた。

大きなリュックと水筒《すいとう》……そうか、部活か。

宇佐美《うさみ》はあのまま陸上を続けて、久米《くめ》工業でも陸上部に入ってたのか。

まさか会うなんて……と思うけど、同じ中学出身だし、この時間帯にここら辺にいるのは久しぶりだ。

盗撮《とうさつ》事件が中三の時にあって、そのまま引退、その後は一、二回しか話してないと思う。

宇佐美《うさみ》は短い髪《かみ》の毛《け》をワシャワシャ触《さわ》りながら満面の笑《え》みで普通《ふつう》に俺に話しかけてくる。

「すげー久しぶりじゃん。この時間に陽都《あきと》見るの、はじめてじゃね？　え、お前どこだっけ」

「海城《かいじょう》」

「そっか、一時間くらいかかるもんな。お前部活は続けてんの？　俺まだ部活やっててさ、今日は大学で合同練習だから一回帰って着替《きが》えたんだけど、もう、一回家に帰るとマジで出るのイヤになるわ。めんどくさいけど俺ガチで推薦狙《すいせんねら》ってるから都大会マストだしさあ。陽都《あきと》の所陸上強いんだっけ、誰《だれ》かいる？」

宇佐美《うさみ》は俺の顔色など気にせずペラペラと話し続ける。

駅のホームには人が多いのに、自分の心臓の音だけが大きく聞こえてくる。

宇佐美《うさみ》は「陽都《あきと》が盗撮《とうさつ》したんじゃね？」と言ったことを、俺が聞いているとは知らない。

だから普通《ふつう》に話しかけてくる。この笑顔《えがお》の裏で何を思ってるのか、俺は知ってるんだ。

この前この駅で、俺の手を握《にぎ》ってくれた吉野《よしの》さんのことを思い出して、顔を上げた。

「宇佐美《うさみ》、ＪＫコン、新山《にいやま》で出すんだろ」

「お?!　ああ、うん、そうだよ。おっと、なんだよ、突然《とつぜん》何の話だよ、驚《おどろ》いたな」

「俺も出すんだよ。サイトみたら新山《にいやま》の名前があって驚《おどろ》いたんだ」

「え——?!　マジで、ちょっとまてよ、それ新山《にいやま》もすげぇ喜ぶんじゃないかな。え、海城《かいじょう》で出るんだ。どの子？　もうエントリーしてる？」

宇佐美《うさみ》は心底嬉《うれ》しそうにスマホを立ち上げて俺のほうに近付いてきた。

コイツ本当になんとも思ってないんだな。そう思ったら昔気にして逃《に》げたことが心底バカらしくなってきた。

「新山《にいやま》はさ、盗撮《とうさつ》したのは陽都《あきと》だ……って噂《うわさ》流したのが宇佐美《うさみ》だって知ってるのか？」

その言葉に宇佐美《うさみ》も俺のほうを見た。

やっと笑顔《えがお》じゃない、素の顔になったように見える。

そしてポカンと口を開けた。

「……え？」

「俺聞いたんだ、部室に入ろうとしたらお前がみんなの前でそう言ってるの。その次の日には俺が犯人ってことになってたよな」

「え、そうだっけ。俺そんな事言った？　てか突然《とつぜん》なんの話だよ。いやだってさ、誰《だれ》だっておかしいと思うだろ。お前がいない日にだけ撮影《さつえい》されてたんだから」

「でも違《ちが》っただろ」

「まあそうだけどさあ、今頃《いまごろ》なんだよ、そんな昔のこと覚えてねーよ」

と宇佐美《うさみ》はスマホをポケットに入れてバツが悪そうに目を逸《そ》らした。

俺ははっきりと言う。

「謝れよ」

宇佐美《うさみ》は頭をかいて、目を逸《そ》らしながら、

「……悪かった。いやでもさ、あれは仕方なくね？　お前そんなこと気にしてたの⁈　すげー前の話じゃん、忘れろよ、なんなんだよ～、そういうの笑えねーし、面白《おもしろ》くねーよ？」

「嫌《いや》な記憶《きおく》に期限なんてねーよ。ふざけんな」

そう断言すると、宇佐美《うさみ》はばつが悪そうに視線を外して俯《うつむ》いた。

俺はホームを歩き始めた。電車が風を連れて入ってきて髪《かみ》を揺《ゆ》らす。

息が苦しくて、少しだけ胸が痛い。人生で他人に向かってハッキリ怒《おこ》ったのははじめてな気がする。服の上からでも心臓がバクバクいってるのが分かる。胸が痛くて苦しくて、胸元《むなもと》の服を引っ張った。

でも……これはきっと中学の時の俺が言いたかった言葉だ。

あの頃《ころ》飲み込んで、誤魔化《ごまか》した言葉。

でもなんだろう、すげーすっきりした。

第11話　映画部始動

「待って。みんな私のために映画部に集まってくれてるんだよね」

お昼ご飯を食べ終わった昼休み。

穂華《ほのか》さんは部室の真ん中で立ち上がった。その言葉に中園《なかぞの》は大きく頷《うなず》く。

「そうだよ。穂華《ほのか》ちゃんのためにこのヤンデレゲームをしてる。マジですげーな。全員死ぬのがハッピーエンドなのかよ」

「オールクリアしてもう一回はじめると内容変わるらしいよ。生まれなおしみたいな？」

「マ?!」

中園《なかぞの》と平手《ひらて》はヤンデレゲームに夢中だ。段ボールの前に座り込んだ吉野《よしの》さんが俺を呼んだ。

「辻尾《つじお》くん。この四角い物体は何？」

「MO！　MOだ」

「何に使うものなの？」

「今のUSBみたいなやつで、俺の父さんは持ってた」

「へえ……あ、文化祭って書いてあるわ」

「日付は1997、二十七年前のうちの学校の文化祭ってこと？　中みたいな。MOドライブをこの部屋から探すのは大変だな」

　俺と吉野《よしの》さんは部屋の探索に夢中だ。机の奥から映画部が活発に活動してた時代のデータがたくさん出てきた。うちの高校は来年創立百周年ということもあり歴史が深い。昔の校内で撮《さつ》影《えい》した映画や文化祭の記録、オリジナルラジオなどたくさん出てきて少し興味がある。

　穂華《ほのか》さんがそんな俺たちを見て叫《さけ》ぶ。

「部活しますよ〜〜！　ねえ、もうみんなサイトに投稿《とうこう》始めてるよ、私も何かアップしたい！　辻尾《つじお》っちは、新山《にいやま》こころをぶちのめしてぶっ飛ばしてなぎ倒《たお》してゴミ箱に捨てるんでしょ?!」

「いやそこまで言ってないけど」

「見てよ、新山《にいやま》こころ、すっごいおっぱい票！」

　そう言って穂華《ほのか》さんが見せてくれた新山《にいやま》のページは、現在ＪＫコン部活部門一位……というか……。横から一緒《いっしょ》にのぞき込んだ中園《なかぞの》が眉間《みけん》に皺《しわ》を入れる。

「スケルトン乳首《ちくび》にも限度があるだろ」

「ちょっと……どうなのかしら……水着というか紐《ひも》じゃないかしら……」

　と吉野《よしの》さんも表情を曇《くも》らせる。

「乳首《ちくび》カバーだね」

　と平手《ひらて》は言い切った。

　正直異論はない。そこに写っていた新山《にいやま》の写真は前回よりパワーアップした完全なエロ写真だった。ＪＫコンという手前、一応制服は着てるけど、それをめくって白い水着を見せている

エロ写真。というか水着がマイクロすぎて乳首《ちくび》しか隠《かく》していない。中園《なかぞの》は頷《うなず》きながら、

「でも制服の前開けて白水着見せてる女を嫌《きら》いな男はいない。食べろと言われたらいつでも食える牛丼《ぎゅうどん》みたいなもんだ」

「そうだね。だってこれはコンテスト。彼女にしたいわけじゃない、見てもらったらPVが入って上位に上がれる。一点突破《とっぱ》は全然変なことじゃない」

平手《ひらて》は冷静に言い放った。

たしかにその通りで、とにかく注目を集めないとランキング上位になるのは難しい。戦略を立てて戦うのは、アイドルとしても必要なことだから、一線を越《こ》えない限りお咎《とが》めはないのだろう。穂華《ほのか》さんは静かに首を横に振《ふ》り、

「私は全然こういうことはしたくないの。そもそもおっぱいないし。ただ楽しくしてられたらなーって思ってるだけなのよね。だから中途半端《ちゅうとはんぱ》なのは分かってるんだけど……」

俺はそれを聞きながら椅子《いす》に座った。

参加すると決めたなら……と俺も出場者は全員チェックしたけど、歌が上手《うま》い子はもう次元が違《ちが》う。オペラ歌手のような歌声でボカロ曲を歌う人や、駅前でギター弾《ひ》いてお客さんから拍《はく》手《しゅ》を貰《もら》ってる子もいた。ダンスに至っては、これまたプロ級の子がゴロゴロしてて、スタイルも穂華《ほのか》さんの数倍良《い》い。つまり穂華《ほのか》さんがしたいことの数倍ランクが高い人たちがいる中で、票を獲得《かくとく》しないといけないんだ。

俺はふと思い出す。

「俺に仕事先でもらったお茶持って来てくれたよね。すげー旨《うま》かったんだけど。あれは何の仕事なの？」

「小さな仕事なんだけど、商店街の紹介《しょうかい》番組なの。これなんだけど……」

そういって穂華《ほのか》さんが見せてくれたのは、商店街のおばちゃんたちに囲まれて楽しそうにお茶を飲んでいる穂華《ほのか》さんだった。お店の小さい子や、お店に来た中学生男子、奥さん……色んな人たちと話し方を変えながら話している穂華《ほのか》さん。

そういえば……。

「穂華《ほのか》さんって、俺は辻尾《つじお》っちで、中園《なかぞの》は中園先輩《なかぞのせんぱい》だよな」

「そうだよ。辻尾《つじお》っちはぜったいフランクに話したほうが良《い》いタイプ。中園先輩《なかぞのせんぱい》は立てないとダメ。見限ったらすごく冷たいタイプ。でも好きな人には超《ちょう》情熱的と見た！」

「合ってる～～」

中園《なかぞの》は人差し指で穂華《ほのか》さんを指した。穂華《ほのか》さんは中園《なかぞの》に向かって頭を下げて「よろしくお願いします先輩《せんぱい》っ！」と微笑《ほほえ》んだ。人によって呼び方や態度を変えるのは、周りを良く見ているからで、その機転はきっと穂華《ほのか》さんの良《い》い所なんだろう。

そして俺は今もメン地下の人たちの沖縄旅行を楽しく編集するくらいドキュメンタリー好き……となると。

俺は後ろを見て、夜のバイトで使っているiPhone proを録画モードにして平手《ひらて》に渡《わた》した。

平手《ひらて》は「お？」と俺のほうを見たので、コクンと頷《うなず》いた。

俺は声を整えて穂華《ほのか》さんが見えるように少し右側に移動して話し始める。

「穂華《ほのか》さん、ダンス部入りたいって言ってなかった？」

「えっ⁈　突然《とつぜん》なんの話⁈」

「体育祭の時にダンス部見て興味あるって言ってた気がする」

その言葉に中園《なかぞの》が手を叩《たた》いた。

「柊《ひいらぎ》さんに頼《たの》まれてたな」

「そうなんだ。実はJKコンより前に、ダンス部のPV作ってくれないかって頼《たの》まれてた。でも映画部作る前だったし、なにより突然で返事してないんだけど、くっ付けちゃったら良くないか？　穂華《ほのか》さんとダンス部のコラボ」

なにより俺は小心者なので、先に頼《たの》まれていたダンス部をやらず、JKコンだけするのはどうなのかなとほんの少し思っていた。

「それでさ、コラボしてここに動画を送るんだ。4BOX」

「えっ、4BOXですか⁈」

穂華《ほのか》さんが一気に食いついてきた。

俺たち高校生が必ずスマホに入れているアプリに『さくらWEB』というアプリがある。

それはクーポンサイトとテレビアプリがくっ付いたようなアプリで、番組を見るとポイントが貯《た》まりシェイクが安く買えたりして超《ちょう》便利だ。

なにより番組専用の掲示板《けいじばん》があって、常に誰《だれ》かがそこで盛り上がっている。

ひたすらヘヴィメタを流すマニアックな音楽番組から、個人番組まで幅広《はばひろ》くあって、その中でも有名なのが『4BOX』というドキュメンタリー番組だ。

主にリアリティー番組をやっていて、今は『秘密の初恋《はつこい》』という初恋《はつこい》をした相手と、初恋《はつこい》をされた相手を十人集める番組を流している。

誰《だれ》が誰《だれ》の初恋《はつこい》の人なのか知らされてないし、付き合った経歴があるのか、ないのかも分からない。女性が男性を好きとも限らない状態で、特に今回は女性がひとり多いらしく騒《さわ》ぎになっていた。つまりどの女の子か分からないけれど、女の子に初恋《はつこい》をしていた可能性がある。推理要素もあり、掲示板《けいじばん》が盛り上がってて俺も見ている。

番組内で毎回お題が出されて、今回はK－POPを踊《おど》るのがテーマらしく、組まされたカップルが練習して披露《ひろう》するようだ。

その中の視聴者企画《しちょうしゃきかく》として、見ている人たちもダンスを応募《おうぼ》できると先日見ていて気がついたのだ。俺はアプリの画面を見せて、

「ここに直接アップロードしたら、メンバーが番組内で見てくれるらしいんだ。それを見る特番も決まってて、放送日はJKコンの一週間前。丁度良《い》いタイミングだと思うんだよね」

「確かに、4BOXに出たら最高の宣伝になりますよね……熱いですね。でもダンス部って三年がごっそり抜《ぬ》けちゃって闇深《やみふか》って聞いたんですよね……いやでも4BOXに応募《おうぼ》するの熱い……というか4BOXに私も出たい……」

そういった穂華《ほのか》さんの表情は、いつもみたいにフザけてなくて、その表情が新鮮《しんせん》だ。

「いつも超《ちょう》元気な穂華《ほのか》さんが真顔になるのも良《い》いと思うんだ。平手《ひらて》、撮《と》れてる？」

「……ばっちり撮《と》れてる。iPhone pro 画質エグ」

「えっ、もう撮《と》ってたの⁉ うそ、えっ、えー……‼」

「俺も撮《と》ってた。撮影《さつえい》たのし」

「え―――⁉」

どうやら一瞬《いっしゅん》で察したらしく中園《なかぞの》も撮《と》ってた。

ドキュメンタリーはカメラ数とリアリティーが命。なによりこういうのは気軽にコメントしやすい。JKコンは一ヶ月の長期戦で、常にTOPページに載《の》り続ける集客力が大切だ。PVとお気に入り数でトップページに載《の》れるか決まる。穂華《ほのか》さんは、

「……うん。なんか、良《い》い気がする」

「そうだね。まずはダンス部に交渉《こうしょう》しようか」

「うん、やってみる！」

そう言って穂華《ほのか》さんは顔を上げた。

その笑顔《えがお》はすごく強くて可愛《かわい》くて、当然それは平手《ひらて》が撮影《さつえい》してて。
なんだか俺も楽しくなってきた。

第12話　ダンス部とコラボしたい

「はじめまして。ダンス部部長、柊《ひいらぎ》です」

「はじめまして！　一年芸能科所属の穂華《ほのか》です。よろしくお願いします！」

さっそく柊《ひいらぎ》さんに話をしてみた所「一度来てください」と言われた。

そして昼休みにさっそくカメラを持って部室にお邪魔《じゃま》することにした。

柊《ひいらぎ》さんが声をかけたら、すぐにダンス部の部員が大勢集まってくれて少し驚《おどろ》いてるけど。

俺は平手《ひらて》が持つカメラの横で、

「じゃあ、ダンス部の簡単な説明をお願いします」

「説明より分かりやすいと思うので、我が校《こう》文化祭の伝統ダンス、スパイダーを踊《おど》ります」

「え……？　あ、はい？」

いや、まずは簡単な説明で良かったんだけど。教室に来た時も思ったけど、柊《ひいらぎ》さんはあまり人の話を聞かないタイプみたいだ。俺の戸惑《とまど》いを無視して、周りの部員に声をかける。

「じゃあみなさん、よろしいですか」

「はい！」

柊《ひいらぎ》さんに喚《よ》ばれて、他の部員がカメラの前に並んだ。

ダンス部の部室は半地下にあり、部屋の上部にある窓から細い光が入ってくる。薄暗《うすぐら》い部屋の中、柊《ひいらぎ》さんをセンターに二十人ほどのダンス部部員が並び静かにポーズを取った。細い影《かげ》が伸《の》びて音楽が響《ひび》く。

柊《ひいらぎ》さんが床《ゆか》に座ったのと同時に、うちの学校伝統のスパイダーダンスを始めた。

うちの学校には、創立の頃《ころ》から踊《おど》られていたという創作ダンスがある。昔この土地にいた蜘《く》蛛《も》のような化け物を追い出して、この場所を切り開き、学校を始めた……という伝説を元に作られたダンスで、毎年秋の文化祭で全学年が踊《おど》る。十分以上に亘《わた》る複雑な動きをするダンスで、一年生は体育祭が終わり次第《しだい》その練習をさせられるほどだ。でもこのダンスが踊《おど》りたくてこの学校に入ってくる人もいるくらい有名なもので、特にセンターで見せ場があるスパイダーのダンスは、その年のダンス部部長が踊《おど》るのが恒例《こうれい》になっていて、衣装《いしょう》も動きもすべて妖艶《ようえん》で、ちょっとすごい。

俺はダンスが苦手で去年もなんとなく逃《に》げ切《き》ったレベルなので、更《さら》にダンスが増える今年がもうすでに怖《こわ》い。

でもさすが自宅がバレエ教室をしていて、ダンス歴が長い柊《ひいらぎ》さん……人とは思えないような動きで、薄暗《うすぐら》いダンス部の部室の中で、本当に蜘蛛《くも》のように見える。

そしてバックで踊《おど》るダンス部の子たちも、クオリティーがすごい。

見事に踊《おど》り上げ、美しく立ち上がっている柊《ひいらぎ》さんに部員たちが縋《すが》るように這《は》いつくばり、ダンスは終わった。

俺たち映画部員は全員ぽかんとして拍手《はくしゅ》するのみ。

やっべー……コラボって次元じゃねーぞ。すごすぎる。これはなんというか……チラリと穂華《ほのか》さんを見ると、

「いや本当にすごいです。すんごくすごいんですけど、柊《ひいらぎ》さん教祖みたいっスね」

と言い切った。

その言葉に「ぶはっ‼」と中園《なかぞの》が吹《ふ》き出《だ》す。

平手《ひらて》はなんとか耐《た》えて撮影《さつえい》を続けている。俺も一瞬《いっしゅん》笑いそうになったけど、ダンスが苦手なので黙《だま》る。いや踊《おど》れる教祖熱いじゃないか。

そうなんだ。なんか柊《ひいらぎ》さんが完璧《かんぺき》すぎて、それに従う部員たちもガチすぎて、楽しい部活という感じは全くしない。体育祭や文化祭でもメインを張れるダンス部なのに部員減少ってどういうことだろうと思ったけど、これは納得《なっとく》できる。

一年で一番の見せ場である文化祭に向けて本気すぎて、みんな辞《や》めてしまったか、入ってこないのだろう。穂華《ほのか》さんは親指をヒラヒラさせながら、

「私、親友が天才でして。わりと天才慣れしてるんですよね」

横を見ると吉野《よしの》さんが口元を押さえたまま小さく笑っている。友梨奈《ゆりな》さんのことを言っているのだろう。穂華《ほのか》さんは続ける。

「私踊《おど》るのは好きだけど、文化祭でセンター狙《ねら》う気も、柊《ひいらぎ》さんの周りで踊《おど》る気もないです。も

っと気楽で楽しく踊《おど》りたい。そう思う子がいても良いと思うんですけど」

「……理解はできます」

と柊《ひいらぎ》さんは静かに言った。穂華《ほのか》さんは柊《ひいらぎ》さんに近づき、

「私踊《おど》りたいK－POPがあるんですよね」

「……ああいうのはうちの部活ではちょっと……」

「K－POPをイメージしましたね？　いきますよ？」

そう言って穂華《ほのか》さんはスマホを取りだして動画を再生しはじめた。

「バレエが得意な柊《ひいらぎ》さんだからこそ、絶対バエるのありますよ！　バレエってフォーメーションでモショ〜って動くじゃないですか」

「もしょ……。コール・ド・バレエのことかしら」

「たぶんそれっス。見ててください、サビの所がすごいんス」

若干《じゃっかん》引いてる柊《ひいらぎ》さんに一歩も引かずに踏《ふ》み込んでいく穂華《ほのか》さん、やっぱりメチャクチャつえーな。天才慣れしてると言い切るだけのことはある。再生された動画を後ろから見ると、俺が想像してるK－POPダンスではなく、集団で動いていた。

それを見て柊《ひいらぎ》さんは、

「……思ったよりフォーメーションダンスなのね。イメージと違《ちが》うわ」

「そうっス！　この動きとか、この動きとか、私はぜんぜんできないスけど、柊先輩《ひいらぎせんぱい》なら完《かん》

壁《ぺき》にできそうっス」

「難しくないわ」

「マジすか、単純に見たいっス。みんな知ってるのもやれますよー、こういう真面目じゃない、今っぽいのもやりますよーっアピールするの良くないスか？　やっぱ間口《まぐち》っスよ」

「……そうね、部活の紹介《しょうかい》には良《い》いかもしれないわね。やってみても良いわよ」

柊《ひいらぎ》さんがそう言うと、周りの部員たちが「おおー！」と拍手《はくしゅ》して穂華《ほのか》さんの周りに集まった。

部員の子たちも「K-POPやってみたかったんだよねー！」と楽しそうに話している。

そして穂華《ほのか》さんはさくらWEBのアプリを立ち上げて、

「そして完成したダンスを、4BOXに応募《おうぼ》したいんです。これが最終目標です！」

そういうと盛り上がった部員たちは、一気に静まり返り、柊《ひいらぎ》さんを見た。

柊《ひいらぎ》さんはさっきの勢いは完全に消えて無表情で、

「それはお断りします。インターネットに顔出しはしないというのがうちの部活のモットーです。そうしないと部活中の動画など勝手に上げられてしまい、歯止めが利きません」

「えっ、コラボもJKコンに使うためなので顔は出ちゃうかなーって」

「ではお断りします。私は学校内でのみ流す紹介《しょうかい》用のPVをお願いしたつもりでした」

柊《ひいらぎ》さんはピシャリと言い切った。げ。そういうつもりだったのか。どこまで公開するPVが欲《ほ》しいのか、もっとちゃんと確認《かくにん》すべきだった。俺のミスだ。

時間がなくなったので、お邪魔《じゃま》したお礼を言い、ダンス部の部室から出た。

K－POPを踊《おど》る許可までは出てよい雰囲気《ふんいき》だったからこそ、4BOXで断られたのは辛《つら》すぎる。俺たちは一階に繋《つな》がる階段を上りながら、ため息をついた。

そのまま中庭のベンチに座り込んだ穂華《ほのか》さんはJKコンのサイトを見ながら、

「……そっか、みんな4BOXに出たいはずと思ってたけど、そうじゃない人も当然いますよね……。想像してなかった。……えーん、辻尾《つじお》っち。私は出たいです、応募《おうぼ》したいです」

「うーん……もう一回顔を極力映さない方向で撮影《さつえい》できないかってお願いしてみるよ。それで無理ならひとりで踊《おど》って応募《おうぼ》する？」

「そんなの絵的に弱くないですか？　友梨奈《ゆりな》……いや、あいつ私を喰《く》うからダメだ。だったら他のアイデア考える……うう、頭が回りません。すいませんが、柊《ひいらぎ》さんに再交渉《こうしょう》、よろしくお願いしまっス！」

穂華《ほのか》さんは俺に頭を下げた。

ダンス部とコラボして4BOXに応募《おうぼ》……すごく良《い》いと思ってしまったから、ここから他のを考えるのは結構難しい。でもあの感じだと無理な気もするんだよなあ……。

俺は吉野《よしの》さんに声をかけて、次の日もう一度柊《ひいらぎ》さんに相談することに決めた。

吉野《よしの》さんと柊《ひいらぎ》さんは去年同じクラスで、吉野《よしの》さんが委員長、柊《ひいらぎ》さんが副委員長を務めてた間柄《あいだがら》で、学校で唯一《ゆいいつ》柊《ひいらぎ》さんのLINEを知っているのが吉野《よしの》さんらしい。だから再交渉《こうしょう》は俺と吉野《よしの》さんで行うことにした。

次の日の昼休み。隣《となり》のクラスの柊《ひいらぎ》さんの所に行ったら居なかった。クラスメイトたちに聞くと「お昼はいつも部室でストレッチしてるよ」と聞かされて、俺と吉野《よしの》さんはふたりで半地下にある部室に向かった。

一階から地下に下りて、ダンス部部室に向かう。もう食事を終えた人たちが中庭で遊び始めて、にぎやかな声が聞こえてくる。

ダンス部の部室をのぞき込むと、そこには、制服を着たまま、スカートの中にジャージを穿《は》いた柊《ひいらぎ》さんがストレッチをしていた。柊《ひいらぎ》さんひとりしかいないので部室の電気は点《つ》いてなくて、上部の採光窓から細い光が射《さ》している。柊《ひいらぎ》さんは俺たちに気がついて、

「どうしましたか」

「ストレッチ中にごめんなさい、お話ししてもよろしいですか？」

吉野《よしの》さんは入り口で声をかけた。

柊《ひいらぎ》さんはその場で正座をして、俺たちを受け入れてくれた。

吉野《よしの》さんは iPad で資料を見せながら「顔出しをしないという演出もあるので、なんとか撮《さつ》影《えい》させて貰《もら》えないか」と交渉《こうしょう》をはじめた。

柊《ひいらぎ》さんはそれを見て、

「インターネットの恐《おそ》ろしさは骨身にしみています。部長としてやはりそういうサイトに載《の》せることは許可できません。今回はこちらからお声掛《こえが》けしたのに、説明不足で申し訳ないです」

と頭を下げられてしまった。うーん……これは無理そうだ。

俺だってJKコンで三位以内に入った場合、決勝戦は巨大《きょだい》な展示ホールであり、WEB中《ちゅう》継《けい》もあると聞いて「えええ……ちょっといやだな」と思ったから気持ちは理解できる。

他のアイデアを考えようと俺が思った時、半分開いた窓にガコンとバレーボールがぶつかった音がした。ここの部室は半地下で、窓の外は中庭だ。昼休みにバレーボールをしている人たちがいるのだろう……声が聞こえてきた。

「マジ暑い。ダンス部辞《や》めなきゃ半地下で遊べたのに、柊《ひいらぎ》クソすぎでしょ」

「『お菓子《かし》食べないでください。ここはそういう場所ではありませんっ！　キリッ！』」

「似すぎ！」

「てかアイツ今頃《いまごろ》になって芸能の子と組んでなんかしようとしてるらしいじゃん。部員減りすぎて必死で笑えるわ。今更《いまさら》すぎてアホみたいなんだけど！　アイツが部長になって部員が減ったのは実力不足だっつーの！　あいつ天狗《てんぐ》すぎるっしょ、バレエバレエでキモすぎる」

「柊《ひいらぎ》の天狗《てんぐ》伝説、マジうける！　あ、蜘蛛《くも》だっけ、ぎゃははは！」

目の前にいる柊《ひいらぎ》さんの目つきが厳しくなった。

心臓が一気にドキドキして、これ以上聞きたくなくて、その場で、

「あ――――っ！　柊《ひいらぎ》さん、俺たち映画部に対するご協力、ありがとう！　ございます!!」

と半分開いた窓に向かって叫《さけ》んだ。

すると「やば、ここ部室前じゃん」「柊《ひいらぎ》いんの？」と叫《さけ》んで話し声が遠ざかった。

静まりかえった部室で、柊《ひいらぎ》さんは黒い髪《かみ》の毛《け》を耳にかけた。

俺は部室で宇佐美《うさみ》が俺の悪口を言っていたのを聞いてしまったことを思い出していた。

「やめてくれ」「もう聞きたくない」と思ったのに、動けず、最後まで聞いてしまったあの時の苦しさ。

これ以上、俺が聞きたくなくて声を上げた。柊《ひいらぎ》さんを庇《かば》ったわけではなく、わりと自分のためだったので、どう説明したら良《い》いのか分からず、

「聞かなくて良いことは、間違《まちが》いなくあるので」

と、とりあえず俺が思うことを言った。

柊《ひいらぎ》さんは正座し直し、少し曲がっていた背筋をピンと伸《の》ばした。

半分だけ開いた窓から入る光が、その厳しい表情をくっきりと浮《う》き上《あ》がらせる。

一重の目がクッと力を持ち、

「……忘れてました。私は、私の実力を認めないバカたちを叩《たた》きのめすためにスパイダーを極《きわ》めようと思ってました。つまり……私たちがその番組に出て有名になれば、あいつらは惨《みじ》めな思いをするってことですよね。私たちをバカにしたあいつらを、踏《ふ》みつぶすチャンスというこ

とですね。いいですよ、穂華《ほのか》さんとコラボしましょう。そしてその有名な番組に必ず出て、私たちの実力を見せつけましょう」

俺はその迫力《はくりょく》に圧倒《あっとう》されつつ、

「あ、ありがとう、ございます……」

「私の顔出しも許可します。部員は個々聞いて許可を取ってください」

「あっ、助かります……」

「こちらこそ、初心《しょしん》を思い出させてくれて、ありがとう。クソみたいな虫が入ってこないようにしないと」

そう言って柊《ひいらぎ》さんは上部にある窓をピシャリと閉めた。

同時にチャイムが鳴り、俺たちは部室を出て教室に戻《もど》った。

俺と吉野《よしの》さんは前を歩く柊《ひいらぎ》さんの後ろで目をあわせて「(……大丈夫《だいじょうぶ》なのかな?)」と両肩《りょうかた》を少し上げた。吉野《よしの》さんは首をコテンと横にして眉《まゆ》をひそめ「(わからない)」と首を横に振《ふ》った。

でも宣言通り、放課後撮影《さつえい》に行くと、柊《ひいらぎ》さんはメインで撮影《さつえい》する平手《ひらて》に「顔を撮影《さつえい》してもよい」と伝えていた。そして投稿《とうこう》用のダンスを撮影《さつえい》するために頑張《がんば》りましょうと部内を盛り上げていた。

やる気になったふたりは、最初より打ち解けて一緒《いっしょ》にストレッチをはじめ、俺はその姿がとても良《い》いなと思ったので、自分のスマホで一枚写真を撮《と》った。

はあああ……なんとかなって良かった。絶対にこのアイデアは良《い》いと思う。

そして俺はバイトにいくためにその場を離《はな》れた。ここからの撮影《さつえい》は平手《ひらて》に任せる。

そして塾《じゅく》に向かう吉野《よしの》さんと一緒《いっしょ》に学校を出た。

下校時間から一時間遅《おそ》く、部活をしている人は活動中で、通学路に生徒の数は少ない。

でもまったくいないわけではなく……。俺と吉野《よしの》さんは同じ部活の仲間として距離《きょり》を保って歩き始めた。

「辻尾《つじお》くんはそのままバイトに？」

「吉野《よしの》さんは、塾《じゅく》……だよね？」

「そう、でも駅までは一緒《いっしょ》に行きましょう」

そう言って笑顔《えがお》を見せた。

同じ部活を始めると、一緒《いっしょ》に帰っていてもそれほど目立たず、そんな小さなことで「やっぱり始めてよかったなあ」と思ってしまう。

吉野《よしの》さんは周りをキョロキョロとみて、手をふいふいと動かして、駅とは反対側にいく道に入った。

この道では俺も吉野《よしの》さんも使う駅に行けないけれど……？

駅からどんどん離《はな》れる細い道を歩く吉野《よしの》さんを追って歩く。

ここはたぶん昔は川だった所を蓋《ふた》してできた住宅街の中のうねうねとした細い道で、人が全く通っていない。吉野《よしの》さんは黙《だま》ってかなり進み、周りに誰《だれ》もいないことを確認《かくにん》して、くるりと振《ふ》り向《む》いて笑顔《えがお》を見せた。

「えへへ。この道をずーっと行くとね、バス通りに出てね、そこから乗ると、隣《となり》の駅に出るの。たまにひとりで歩きたくて使ってるルートなんだ」

「全然知らなかった。ていうか、こっち側に来たことがない。同じ路線に乗れるなら良《い》いね」

「ね？　制服デートだよ。一回してみたかったんだー！」

そう言って腰《こし》をかがめて俺の方を見た。

あー……可愛《かわい》い。俺は柔《やわ》らかく吉野《よしの》さんの手を握《にぎ》った。

吉野《よしの》さんはふにゃりと花が咲《さ》くように笑い、

「良かったねえ、コラボして貰《もら》えるの決まって！　お昼の辻尾《つじお》くん、すごく格好《かっこ》良かった！」

「あ……ああ、柊《ひいらぎ》さんの？」

「そう」

「悪口聞いたら、思ってたより何もできてないんだなって、すごく思ったよ」

吉野《よしの》さんは俺の手を柔《やわ》らかく握《にぎ》り返してきた。

確かに俺は自分のことに重ねたとはいえ、ものすごく冷静だった。

聞きたくない、じゃあ言ってしまえばよいと思った。そんな風に強くなれたのは吉野《よしの》さんが

俺に向き合ってくれたおかげで……。俺は苦笑《くしょう》して、

「前は逃《に》げたし」

「あのね！」

そう言って吉野《よしの》さんはピョンと俺の前に立った。

そして俺をまっすぐ見て、俺の両耳に手を伸《の》ばしてきた。そして小さな掌《てのひら》で俺の耳を塞《ふさ》いだ。

耳がほんわりと温かくなる。

「今度辻尾《つじお》くんに嫌《いや》なこと言う人がいたら、私が横にいて両耳塞《ふさ》ぐから。こう！　ほら、何も聞こえないでしょ？」

耳に触《ふ》れた手が温かくて、その目が必死でまっすぐで真剣《しんけん》で……。

胸《むね》の奥がギュッと締《し》め付《つ》けられる。

俺は耳に置かれた吉野《よしの》さんの手の上に、自分の手を乗せて、

「……全部聞こえるけど」

吉野《よしの》さんはムウと唇《くちびる》を尖《とが》らせて一瞬《いっしゅん》「うーん」と考えて、ハッとした表情になり、パクパクと大きく口を開けて『だ・い・す・き』と言った。

いや、聞こえてないけど……違《ちが》う……見えている……というか全然違《ちが》う話になってる。なんだこの茶番。でもあまりに可愛《かわい》くて、頭がクラクラしてくる。また何かあっても「何の話だよ」って言う自信はある。それはきっと全部吉野《よしの》さんが俺にくれた勇気だ。

俺は吉野《よしの》さんの隣《となり》に立ち、

「制服デートってことは、コンビニでアイスとか食べなきゃダメだと思う」

「えっ、そんなルールあるの？」

「今作った」

「辻尾《つじお》くんが食べたいだけだあ」

そういって笑う吉野《よしの》さんと一緒《いっしょ》に細い道をうねうねと歩き、コンビニを探した。

でもこの道、本当にやたら遠回りで、かごの中に大量にゴミを入れられた古い自転車が放置してあったり、洗濯物《せんたくもの》が道に干してあったり、人の家の裏ばかり歩かされる。

「辻尾《つじお》くん、猫《ねこ》ちゃん！　猫《ねこ》ちゃんだよ！」

そして目の前を野良猫《のらねこ》がトト……と歩いてきた。吉野《よしの》さんは目を輝《かがや》かせて、

「……うん、猫《ねこ》ちゃんだね」

猫《ねこ》ちゃん。こんな言葉何年ぶりに言っただろう。その前に、人前で言ったことがあるだろうか、この言葉。言ってる自分もなかなかに恥《は》ずかしいけれど、吉野《よしの》さんは身体《からだ》を小さくして膝《ひざ》を抱《かか》えて丸くなり、

「猫《ねこ》ちゃんが食べるもの、何も持ってない。辻尾《つじお》くん、鰹節《かつおぶし》持ってない？」

「いやいや吉野《よしの》さん。俺がここで『鰹節《かつおぶし》持ってるよ』って差し出したら、さすがに変じゃない？　どういうこと？」

「変じゃないよ、猫《ねこ》マスターだって思うだけ。だって辻尾《つじお》くん、いつも何だって持ってるでしょ？　バンドエイドとか、輪ゴムくれたり」

「……じゃあ次からポケットに鰹節《かつおぶし》入れとく」

「……よく考えたら変かも」

「あははは！」

俺の笑い声に驚《おどろ》いた野良猫《のらねこ》はパッと走って行ってしまった。

吉野《よしの》さんは「にゃんにゃ、にゃんにゃ。どこにいるのかな、にゃんにゃ」と言いながら細い道を歩き、やっと見つけたコンビニでパピコを買った。

すぐにバスが来そうだったのでそれをパキンと割ってふたりで食べて、バスに乗った。

いつもの三倍の時間がかかったけど、たまにはこの道を通って一緒《いっしょ》に帰ろうと約束した。

次までにカバンの底に鰹節《かつおぶし》を入れておこう。吉野《よしの》さんが喜んでくれそうだし。あの猫《ねこ》が好きだって噂《うわさ》のチュールのがいいのかな？

揺《ゆ》れるバスの中で俺は吉野《よしの》さんのアイスで少し冷やされた手を握《にぎ》った。


「これはすごいな」

「ふたりとも負《ま》けず嫌《ぎら》いでつま先立ちしててマジ笑ったわ」

「いや、これ地味に大変だろ。このポースやってみろよ。中園《なかぞの》なんて一分で倒《たお》れるぞ」

「実は昨日俺も巻き込まれてやったんだけど、今日筋肉痛。湿布《しっぷ》貼《は》って」

「どーなってんだよ！」

俺はパンツをまくり上げて立ち上がった中園《なかぞの》のふくらはぎに湿布《しっぷ》を貼《は》った。

中園《なかぞの》は「マジで運動向いてね～」と言いながら椅子《いす》に座って団扇《うちわ》で扇《あお》いだ。

本格的に撮影《さつえい》がはじまり、ＪＫコンのサイトに動画をアップしはじめた。上位の人を見ているとどうやら毎日動画アップが必須《ひっす》らしい。でもそんなことしてるとすぐに上げる動画がなくなってしまう。だから今日は朝早くから動画編集にきた。

とにかく更新《こうしん》すればいいんだから、ガンガン編集してぶつ切りにしてアップする！

ガリガリ作業する俺の横で中園《なかぞの》はスマホをいじりながら、

「陽都《あきと》、昨日柊《ひいらぎ》さんのヒーローになったんだって？」

「あ、ああ。いや、クソみたいな話を俺が聞きたくなかっただけ。ダンス部黒いわ」

「俺、柊《ひいらぎ》さんが犯人見つけて、ハッキリ言ってる現場撮影《さつえい》したけど、使う？」

「いらねーよ！　むしろ消せ！」

「いや実は又聞《またぎ》きしただけ。でも陽都《あきと》……中二の頃《ころ》に戻《もど》ってきた感じがする。お前あんなことがあった前は、委員会代表とか、班長とかやってたじゃん」

「そうだっけ？」

「三年になって陸上部の部長に満場《まんじょう》一致《いっち》で決まったのも、そうだろ」

「……そうだっけ？」

「陽都《あきと》は知らないと思うけど、あの後すぐに陸上部の部長をもう一回決めることになって宇佐《うさ》美《み》が立候補したんだよ。たぶんアイツさ、新山《にいやま》が陽都《あきと》を部長に推薦《すいせん》したのが納得《なっとく》できなくて、あんなこと言ったんだぜ。マジでクソ。小さいんだよケツの穴が」

そんなことがあったのか。でも確かに陸上部の部長に新山《にいやま》が俺を推薦《すいせん》して、引き受けた直後に盗撮《とうさつ》事件があった。確かに不登校になる前は人前が苦手とか、そういう感覚はなかった気がする。でもあの頃《ころ》は良《い》い意味でも悪い意味でも無敵で、人がそんな簡単に裏表ひっくり返した事をいうと知らなかったんだ。みんな口から出てる言葉は本当だと信じていた。そうじゃないと知って怖《こわ》くなっただけ。

まあ確かに最近は吉野《よしの》さんのおかげでかなり持ち直してきたのは確かだ。

中園《なかぞの》は「でもまあなんつーか」と言いながらJKコンのページに移動して、

「新山《にいやま》は中学の時から一ミリも変わってねーよな。ぎょえー、これ学校の許可取ってんのかな？」

中園《なかぞの》に言われて新山《にいやま》のページを見たら、学校のプールで白水着を着て撮影《さつえい》していた。

まさかの授業中なのか、他の生徒たちの顔も映っている。

プールサイドに置かれた制服とか色々あざとくて、最高数のPVを叩《たた》き出《だ》してるけど同時に

『勝手にアップするな！』というコメントも見えた。

「いや、これは許可出ないだろ。勝手に撮《と》ってる」

「ヤバすぎだろ。何より分かってないよな、学校はスクール水着がいいのに。紺《こん》な」

「中園《なかぞの》の性癖《せいへき》の話は聞いてない」

「陽都《あきと》は競泳水着派？」

「俺はワンピース派かなー。こうフリルが付いてててスカートみたいなの」

「お前の性癖《せいへき》の話はしてない」

「お前が始めたんだよ!!」

中園《なかぞの》がいると何の作業も進まない。話して終わる。

そもそもどうしてここに中園《なかぞの》がいるのか分からない。データは昨日の時点でパソコンに入れてあったし、中園《なかぞの》は早起きが苦手なのになんでこんな時間にいるのか。

本当にストックがないから作業しようと思って吉野《よしの》さんにさえ声をかけてないのに。

俺が動画を見ながら使えそうな所を抜《ぬ》いていると、中園《なかぞの》がスマホ画面を見せてきた。

「俺、プロチームと契約《けいやく》したんだわ。見てこの宣材写真。めっちゃかっこ良くね？」

「え？　お前ついに入ったの？」

「昨日契約《けいやく》してきた。アメリカの好きなプレイヤーが所属してるチームに誘《さそ》われてさ」

「やったじゃん」

「イベントも出なきゃいけないけど、何より出たい大会がチーム戦だからさ」

「へぇえ〜〜〜。すごいじゃん、頑張《がんば》れよ」

中園《なかぞの》は中学の時からFPSプレイヤーとして有名だった。オフライン大会に出た時に顔が良《い》いと気がつかれて山のようにオファーがきたけど断っていた。それでも引き受けたなら、何か本当にしたいことがあるのだろう。昨日契約《けいやく》したということは、俺に真っ先に教えてくれたわけでなんだか嬉《うれ》しい。中園《なかぞの》は椅子《いす》の上であぐらをかいて、

「陽都《あきと》、二週間後の学校創立《がっこうそうりつ》記念日《きねんび》の三連休って用事ある？」

「バイトと編集かな。ＪＫコンの本番が七月頭だろ？　そこまで投稿《とうこう》続けるならマジでストック作らないと」

「俺親父《おれおやじ》に夏休み伊豆《いず》に来いって言われててさー。夏休みは大会練習したいから、もう済ませたくてさあ……そんでひとりで行きたくないから、付き合って貰《もら》おうと思ったんだけど。まあ忙《いそが》しいよな、いや良《い》いよ」

「あー……、なるほど。ああー……」

俺は椅子《いす》にもたれる。

なるほど。朝はやく来てると思ったら、これが言いたかったのか。

中園《なかぞの》の家は両親が離婚《りこん》していて、親父《おやじ》さんは伊豆《いず》のほうに住んでいる。離婚《りこん》したけど親権とかの条件なのか、何度か会うという話は聞いていた。中学の時に離婚騒《りこんさわ》ぎがあって、中園《なかぞの》は毎

日両親のケンカを聞かされて、かなりげんなりしていた。俺は何も言わずただ中園《なかぞの》の近くにいて、一緒《いっしょ》にドリンクバー飲みながら宿題したり、家に帰りたくないっぽかったらウチに呼んだりしてた。俺も親父《おやじ》さんには会ったことがあるけど、中園《なかぞの》の元素という感じのイケオジで、離《り》婚《こん》の原因は親父《おやじ》さんの不倫《ふりん》らしく、中園《なかぞの》は親父《おやじ》さんを嫌《きら》っている。不倫《ふりん》して離婚《りこん》しても会わされるのシンプルに地獄《じごく》な気がするけどよく分からん。

少し前に俺が不登校になった話をみんなにした時、どうしようもない気持ちになったのと、それを救ってくれたのは中園《なかぞの》だったことを思い出して、俺は吉野《よしの》さんと食べようと思っていた風船ガムを取りだして渡《わた》した。中園《なかぞの》はそれを見てクシャクシャと表情を崩《くず》して笑い、

「おいおい、なんだよこれ、クソ懐《なつ》かしいじゃん」

「懐《なつ》かしくなって買ってきた。限界チャレンジしようぜ」

「前はどっちが勝ったんだっけ？」

「まあ俺だよな」

「オレオレ、絶対中園《なかぞの》さま」

「俺だって！」

俺たちは風船ガムを膨《ふく》らませ、どっちがデカいか騒《さわ》ぎながら作業を続けた。

中園《なかぞの》は風船ガムをメチャクチャデカくするプロで、実は俺は一度も勝ったことがないと思う。

でも中園《なかぞの》で鍛《きた》えられてかなり大きく作れるようになったら、吉野《よしの》さんにドヤろうと思って持

って来たのに今日も敗北だ。

諦《あきら》めずに戦っていると、部室のドアが開き、そこに穂華《ほのか》さんと吉野《よしの》さん、平手《ひらて》が立っていた。

「おっはようございます！　教室に行ったらふたりのカバンがあったので、ここかなと！」

「おはよう、辻尾《つじお》くん」

と吉野《よしの》さんは笑顔《えがお》を見せた。朝からめっちゃ可愛《かわい》い。

平手《ひらて》は俺が作業しているパソコンの横に立ち、

「おはよう。素材どう？　使えそう？」

と心配そうにのぞき込んだ。俺が「大丈夫《だいじょうぶ》そうだぞ」と伝えると、安堵《あんど》の表情を見せた。

平手《ひらて》は撮影《さつえい》が楽しいらしく、毎回かなり良《い》い感じに撮影《さつえい》してくれていて助かる。

俺が最初に教えた通り、壁《かべ》や動かない所にiPhoneを付けて撮影《さつえい》してくれてるから画面ブレが少ない。話しながら作業していたら、中園《なかぞの》が椅子《いす》にあぐらを組み直し、

「……俺ん家離婚《ちりこん》してさ、親父《おやじ》が伊豆《いず》に住んでるんだけど、遊びに来いって言われてるんだよ。映画部で撮影《さつえい》合宿しない？　再来週の三連休の金土」

それを聞いた穂華《ほのか》さんは目を輝《かがや》かせて、

「えっ、伊豆《いず》？　行きたい」

吉野《よしの》さんは表情を曇《くも》らせて、

「家庭の事情複雑ね……突然《とつぜん》お邪魔《じゃま》しても良いのかしら……その前に合宿、許可出るのかし

ら」

「いいじゃん。楽しそう」

と平手《ひらて》は漫画《まんが》を閉じた。

俺はそれを聞きながら、なるほど映画部で合宿に行けば撮影《さつえい》もできるし、ノートパソコン持って行けば編集もできるし、中園《なかぞの》も気楽で良《い》いじゃんと思った。

丁度そのタイミングで4BOXの応募《おうぼ》も終わっててすることないから、次のネタにも良《い》い。撮影《さつえい》に二日も行けば結構なストックが作れるかもしれない。ストック……ストックが欲《ほ》しい。でもはじめたばかりの部活で合宿なんて通るのかな……とぼんやり考えながら作業して、目をカッと開いた。

え、ちょっと待てよ。映画部の合宿⁉　それって吉野《よしの》さんと公的に一泊《ぱく》できるってことか⁉

俺が横目で吉野《よしの》さんを見ると目を逸《そ》らしてそわそわしているのが分かった。……同じこと考えてる。

いやいや、これはなんとか通すべき話だろ！

俺は冷静な表情を作り、画面を見つつ、

「とりあえず中園《なかぞの》の親父《おやじ》さんに連絡《れんらく》してみないと話進められなくね？　だって二週間後だろ」

中園《なかぞの》はスマホを取りだして操作しながら、

「たしかに。LINEしてみるわ。みんな用事ないの？　大丈夫《だいじょうぶ》？」

吉野《よしの》さんは静かな声で、

「私はバイトが入るつもりだったけど、一週間ごとにスケジュール出すから大丈夫《だいじょうぶ》よ」

穂華《ほのか》さんは胸を張り、

「私はレッスンしか用事ないんで、ばっちりっス。仕事もなーんもないので！」

「俺はいつでもオケ」

と平手《ひらて》は漫画《まんが》を読みながら答えた。

みんなスケジュール的には問題なさそうだ。

俺はバイトの予定だったけど、店長に頭下げて休ませてもらおう。

次は?!　次は何をどうしたらいいんだ？　編集素材を見てるけど、吉野《よしの》さんと一泊《ぱく》できる可能性があると思ったら何も頭に入ってこなくなってただマウスを握《にぎ》っている人になっていた。

吉野《よしの》さんはすぐ横のパソコンにログインして、学校のサイトを調べ始めた。

「部活の合宿は、合宿申請《しんせい》書、契約《けいやく》コーチの許可と、保護者の参加許可証明書、日程の提出、費用の算出、合宿の目的を提出……とあるわね」

「げ。めんどくせーな。ていうか契約《けいやく》コーチって何？　顧問《こもん》のこと？」

と中園《なかぞの》は椅子《いす》にひっくり返った。

吉野《よしの》さんはサイトを見つつ、

「うちの高校は教師の負担を減らすために、部活の顧問《こもん》を外部委託《いたく》制にしてるのね。運動部は全部外部と契約《けいやく》して、そこからコーチがきてる」

平手《ひらて》も横に立ち、

「うちの美術部も、卒業生の人が契約《けいやく》コーチだよ」

吉野《よしの》さんはサイトをスクロールして画面をスクショして、

「文化系の部活は関連部活の経験者であり成人が契約《けいやく》書類を出せば、コーチになれるみたい」

中園《なかぞの》は首を傾《かし》げて、

「……映画部の経験者って何だ？」

「あれだ。中園《なかぞの》の親父《おやじ》さん、サーフィンのサイト作って動画公開してたよな」

と、俺は思い出した。

「してた！」

「じゃあ経験者だ、オッケ！」

それで良《い》いのか分からないけれど、とりあえず合宿のために中園《なかぞの》の親父《おやじ》さんに映画部のコーチになってもらうしかない。中園《なかぞの》は頭を掻《か》きながら、

「コーチなんて頼《たの》むのイヤだけど、ひとりで一泊《ぱく》させられるのの百倍マシだわ。おっけ、頼《たの》んでみる」

それを聞いた吉野《よしの》さんはすぐにPDFをダウンロードしてデスクトップに置き、

「じゃあこの書類に記入してもらって」

と中園《なかぞの》はそれを自分のメルアドに転送した。吉野《よしの》さんは他に必要な書類を全てメモにして、

「了解《りょうかい》」

「事務関係は私が全部やります。得意なので」

中園《なかぞの》は姿勢を正して拍手《はくしゅ》した。

「おおおおお!!　吉野《よしの》さんやる気じゃん、さすが優等生、助かる！」

「皆《みな》さんみたいに色々できないので悪いなと思っていたので、この作業は私がします」

そう吉野《よしの》さんは静かに答えて、みんなは拍手《はくしゅ》をした。

でもきっと……俺はチラリと横に座る吉野《よしの》さんを見ると、吉野《よしの》さんも俺を見て頷《うなず》いた。

一時間目が始まる時間になり、席に戻《もど》ると吉野《よしの》さんからＬＩＮＥが入っていた。

『きゃあああ！　すごい中園《なかぞの》くん、すごいアイデア。うち、友達とお泊《と》まりなんて絶対許可出ないけど、合宿なら大丈夫《だいじょうぶ》だと思う。ここは優等生の私の腕《うで》の見せ所……任せて！』

とギラギラと目が燃えているクマのスタンプが踊《おど》っていた。

チラリと一番前の吉野《よしの》さんの席を見たら、もうものすごい速度で何かを書き始めていた。

なんて頼《たよ》りになって、なんて可愛《かわい》いんだろう。俺はその後ろ姿を見守った。


「おはよう、母さん」

「おはよう、陽都《あきと》。ねえ、いつの間に部活に入ったの？　お母さん、全然知らなかったわよ」

そう言って母さんはテーブルにオレンジジュースを出した。

昨日の夕食時は遅《おそ》かったから、今日の朝ゆっくり説明しようと思い、保護者の参加許可証明書をテーブルの上に置いて寝《ね》た。それをもう見たようだ。母さんはコーヒーを飲みながら、

「あんなに走るのが速いのに陸上部じゃないのがちょっと……と思うけど、陽都《あきと》本当にパソコンで何かカチャカチャ作るのが好きなのね。中園《なかぞの》くんのお母さんが『すごいのよ！』って言ってたけど」

パソコンでカチャカチャ……。なんという大雑把《おおざっぱ》な理解。

でも母さんはパソコンに全く詳《くわ》しくなく、スマホもＬＩＮＥと天気予報アプリしか使っていない。天気予報アプリさえ、なぜか別の場所の天気を見ているほどの音痴《おんち》なので、仕方がない。

とりあえず許可証明書が欲《ほ》しいので俺は姿勢を正して、

「そうだね。走るのと同じくらい好きだと思う。それに走るのが速くても、就職を有利にするのは難しいけれど、今時パソコンが使いこなせるのは結構良《い》いスキルなんだよ」

「そうなの？　そうよね、私も全然分からないし」

「高校生の間にしかできないことがあるって母さんも言ってただろ。俺、体育祭で実行委員してそれが分かったんだ」

「そうでしょ？　そうなのよ、陽都《あきと》。青春は今しかできないの！　今だけなのよ！」

そう言って満足げに母さんはパンを口にした。母さんが望む言葉を言うのは簡単だ。機嫌《きげん》よく許可を貰《もら》うためなら、俺はどれだけだって薄《うす》い言葉を口にできる！

母さんはサラダを食べながら、

「良《い》いじゃない、合宿。行ってきなさいよ。それにほら……私中園《なかぞの》くんのお母さんといつも話してるけど、あそこ本当に複雑で、面会の回数減らせないらしいのよ。中園《なかぞの》くんのお母さんも、中園《なかぞの》くんを取られるんじゃないかってずっと心配してるから、うん、みんなで行くのが安心よ。あんたが何か丸くしてきなさい！」

「……はあ」

たかが一泊《いっぱく》合宿に行くだけで、丸くするも何もできないと思うけど、とりあえず許可は出た。書いてもらった証明書に捺印《なついん》を貰《もら》って、俺はそれを大切にクリアファイルに入れた。

そして学校に行くと、中園《なかぞの》は親父《おやじ》さんが書いたコーチ契約《けいやく》書を持って来ていた。吉野《よしの》さんは完璧《かんぺき》に準備を済ませていて、内田《うちだ》先生に提出すると、合宿の許可が出た。うおお吉野《よしの》さんと一泊《いっぱく》合宿だ！

ＪＫコンの順位は今五位。４ＢＯＸに応募《おうぼ》する動画でなんとか三位まで上げてトップページに入りたい。そして合宿の動画で一位まで持っていきたい！

「ここにワンカメ。ここにもひとつ置こうかな。いや、でも絵が変わらないか」

「パートごとに分けて撮影《さつえい》すんの？」

前の席に座った中園《なかぞの》が聞いてきた。俺は「うーん」と顎《あご》を持ち、

「少しでも変わった絵が欲《ほ》しいから、そのほうがいいかも。手持ちカメラとかでも撮影《さつえい》して絵を増やして……」

中休み。俺は机の上にダンス部部室の間取りを見て考え込んでいた。

今日の放課後、4BOXに投稿《とうこう》する動画を撮影《さつえい》する。この一週間、穂華《ほのか》さんと柊《ひいらぎ》さん、それにダンス部の人たちはずっとK-POPを練習してくれた。

フォーメーションも完璧《かんぺき》で、せっかくだから揃《そろ》えようと衣装《いしょう》も準備した。

あとは撮影《さつえい》するだけなんだけど、俺が今までしたことある……こういう派手な撮影《さつえい》はメン地下のライブくらいだ。メン地下のライブは出演者全員がお互《たが》いを撮《と》りながら歌ってもらい何とかしたけど、今回はダンスだからその手は使えない。

撮影《さつえい》用のスマホは映画部だけで何とかしなきゃいけないけど、どこにカメラを置いたら効果的なのか分からない。そもそも撮影《さつえい》場所が半地下で暗いんだよな。メン地下はライトだけは大量についてて良かったけど、部室は電気点《つ》けても朝からずっと薄暗《うすぐら》い。撮影《さつえい》ってマジで光が大切だと思うけど、照明の扱い方なんて全然分からない。

俺が部室の間取りを見て頭を悩《なや》ませていると、横に熊坂《くまさか》さんが来た。

「やっほー！　ねえねえ、映画部で旅行行くって本当？」

「あ、ああ。ＪＫコンの撮影《さつえい》合宿だけど」

「いいなあ～。結局私ケガ治った途端《とたん》練習で映画部顔出せなかった、残念すぎるー！」

中園《なかぞの》は熊坂《くまさか》さんに向かって、

「大会に間に合って良かったじゃん。ずっと練習してきたんだろ？」

「そうだけどー。合宿ってあの穂華《ほのか》って子も一緒《いっしょ》に一泊《ぱく》するんでしょ？　それってどうなの？」

「おっと、私のことを話してますか穂華《ほのか》ですっ！　熊坂先輩《くまさかせんぱい》どうもですっ！　辻尾《つじお》っち、iPhone二台友達が貸してくれるみたいなんで、撮影《さつえい》で使えそうデス！」

そこになんとタイミング良く……悪く？　穂華《ほのか》さんが来た。

俺は恐《おそ》ろしい戦いが始まる気がして、間取りを片手にススと平手《ひらて》の席に避難《ひなん》を始める。

クラス中が「おっと。面白《おもしろ》いことが始まりそうですぞ？」と中園《なかぞの》と熊坂《くまさか》さん、穂華《ほのか》さんを少し離《はな》れて見学し始める。熊坂《くまさか》さんは穂華《ほのか》さんの全身を舐《な》めるように見て、

「あなたが穂華《ほのか》さんね。……あなた、彼氏《かれし》はいるの？」

「彼氏《かれし》は仕事です！　というかそうするために今めっちゃ頑張《がんば》ってます！」

「あ……ああ、そうね。でも中園《なかぞの》くんのお父さんがいる所に行くって聞いたけれど、下心があるんじゃない？」

「私だけじゃなくて、紗良《さら》っちもいますよ？」

「吉野《よしの》さんはいいのよ。吉野《よしの》さんだから」

そう言われて俺の横に来ていた吉野《よしの》さんは薄《うす》く微笑《ほほえ》んだ。

吉野《よしの》さんは吉野《よしの》さんという枠《わく》なの、少し面白《おもしろ》い。でもその評価は全然違《ちが》うんだけど、学校ではそう思われていて、それは吉野《よしの》さんが完璧《かんぺき》な優等生だからで。

でも俺が知ってる吉野《よしの》さんは全然違《ちが》って……そんなのすげー良《い》いなと思ってしまう。

というか中園《なかぞの》を目の前によくこんなこと言うな。自分には下心があって父親に近づきたいって言ってるようなもんじゃん。中園《なかぞの》はフイフイと掌《てのひら》を左右に振《ふ》って、

「陽都《あきと》とふたりで行こうと思ったけど、断られたから強引《ごういん》に部活にしただけ。なあ、陽都《あきと》」

「あ、ああ。そう撮影《さつえい》したくて。素材が足りないんだよ」

「そうっスよ。今だって夕方の撮影《さつえい》のためにiPhoneかき集めてるんス。あ、熊坂先輩《くまさかせんぱい》もiPhoneじゃないですか、撮影《さつえい》手伝ってくださいよ!」

「イヤよ、地下にわざわざ撮影《さつえい》にいくなんて。すぐそこでやるならここから撮影《さつえい》してあげても良いけど」

そういって熊坂《くまさか》さんは首をツイと動かしてテラスを見た。

うちの学校は校舎が何棟《とう》もあるんだけど、俺たちがいる校舎はコの字に奥まっている。そして地下一階が食堂で、そこに向かって階段がついている。

そこは吹奏楽《すいそうがく》部がよく練習している所で、360度校舎のどこからでも見られて……、

「それだ!!」

俺は叫《さけ》び、「なるほど」平手《ひらて》と吉野《よしの》さんは頷《うなず》いた。

カメラが足らない、絵が良くない、暗い……ずっと考えてたけど最初から部室で撮《と》ろうと思ってたのが間違《まちが》ってた。テラス前の空間なら人も少なくて、撮影《さつえい》に入りこむ人もいない。上からも正面からも撮影《さつえい》できて、絵が増える。中園《なかぞの》はそれに気がついて、

「熊坂《くまさか》ナイスアシスト。今日の夕方撮影《さつえい》するから、ここから撮《と》ってよ。使えるかも」

「え？　何、何？　なんか私褒《ほ》められること言った？」

「熊坂先輩《くまさかせんぱい》天才です――――！　そうだ、あそこで踊《おど》ってみんなに教室から撮《と》ってもらえば良いんだ、熊坂先輩《くまさかせんぱい》天才です――――！」

文句を言いにきたはずが、俺たち映画部に賞賛されて熊坂《くまさか》さんは完全に戸惑《とまど》いながら中園《なかぞの》に褒《ほ》められたことで満更《まんざら》でもない笑顔《えがお》を見せた。

いやでも、食堂上のテラスで撮影《さつえい》するのは良《い》いアイデアだ。

吉野《よしの》さんはすぐに立ち上がり、あの場所で撮影《さつえい》してもよいのか、その場合許可が必要なのか……などすぐに先生に確認《かくにん》して許可を取ってくれた。

結果、部活動の一環《いっかん》として活動しているならあそこで撮影《さつえい》するのに許可は必要なく、生徒の映り込みだけ注意するように……という話だった。

俺たちは昼休みと撮影《さつえい》前に校内放送をかけて、あそこでダンスの撮影《さつえい》をすること、それを4

ＢＯＸに応募《おうぼ》すること、顔出しＮＧな人は近づかないでほしいこと、あともし可能なら上から好きに撮影《さつえい》してＳＮＳにアップしてほしいこと、俺に素材をくれたら４ＢＯＸに応募《おうぼ》する動画に使えて助かることなどを説明した。

そうだ。俺たちだけで撮影《さつえい》するんじゃない。カメラも撮《と》りたい奴《やつ》らも、そこら中にいるじゃないか。

五時間目の授業が終わった午後。ダンス部員と穂華《ほのか》さんがテラスに並んだ。

このテラスはむしろ朝は影《かげ》で、昼には真上から太陽、そして夕方に向けて正面から日が差す場所だ。逆光にもならずベストな状態。みんな白いＴシャツに黒いショートパンツを穿《は》き、準備万端《ばんたん》だ。

「いきまーす！」

と俺が全方向に声をかけると、吉野《よしの》さんが音楽を流し始めた。同時に柊《ひいらぎ》さんと穂華《ほのか》さんが階段を上り、姿を現した。

ふたりがお揃《そろ》いでしている真っ赤なリボンがふわりと揺《ゆ》れる。

俺が持ってるカメラをまっすぐに見る、ふたりの表情が凛々《りり》しくてカッコいい。

せっかく階段があるんだから、そこから登場させるべきだと俺は思った。そしてふたりは音楽に合わせて大きく手を振《ふ》り上《あ》げてポーズを決める。

大きな音と共に、二階部分にいた吹奏楽部《すいそうがく》の子たちがトランペットを吹《ふ》いて、他の階にいた生徒たちが拍手《はくしゅ》をして歓声《かんせい》を上げる。

夕方にあの場所でいつも練習していた吹奏楽部《すいそうがく》の子たちに場所を貸してほしいと言ったら、ダンス部が踊《おど》る曲は少し前の有名曲らしく「演奏できるよ！」と言ってくれたのだ。

吹奏楽部《すいそうがく》も部員大募《だいぼ》集中《しゅうちゅう》らしく、顔出しＯＫの子たちが二階で演奏してくれることになった。

高らかに響《ひび》くトランペットを聞いて気持ちよさそうに穂華《ほのか》さんと柊《ひいらぎ》さんが踊《おど》り始めた。

三階の俺たちの教室では、提案者となった熊坂《くまさか》さんたちが撮影《さつえい》してくれている。

横から走りこんできたダンス部の子たちも合流して、一気に人数が増えて華《はな》やかになる。

横で見ながら歌っているのは「４ＢＯＸに応募《おうぼ》するの?!」と見に来てくれた子たちだ。

拍手《はくしゅ》をしながら歌ってて、画面に華《はな》をくれる。

このダンスを柊《ひいらぎ》さんが気に入ったのは、フォーメーションが難しいところだ。

その面白《おもしろ》さをあの狭《せま》いダンス部の部室では撮《と》り切れなくて困っていたけれど、二階正面からならその動きが的確に撮影《さつえい》できると思った。

そこは撮影《さつえい》に慣れてきた平手《ひらて》に任せた。柊《ひいらぎ》さんと穂華《ほのか》さんをセンターに見事なフォーメーションを保ったまま激しいダンスを続ける。

「うおおお、すげ——！」

「ダンス部こんなのも踊《おど》れるんだ?!」

「4BOXに送るらしいよ！」

と二階や三階から拍手《はくしゅ》をしながら撮影《さつえい》する人たちの応援《おうえん》の顔が見える。

俺はそれを中園《なかぞの》に指示を出して撮影《さつえい》してもらった。

ダンスだけじゃ盛り上がらない。見てる人全部含《ふく》めて学校って感じがよいと思う。

穂華《ほのか》さんがソロで踊《おど》り、その動きを吹奏楽《すいそうがく》部のトランペットが盛り上げる。そしてそのバトンを受け取るように柊《ひいらぎ》さんは見事なダンスで観客の視線を集めた。

そのふたりを隠《かく》すようにダンス部部員が揃《そろ》った動きで前に出てきて盛り上げる。

「やるじゃん、なんか柊《ひいらぎ》でトラブったって聞いてたけど、かっけーじゃん」

「文化祭楽しみだな、うおおお、身体《からだ》すげぇ！」

「はい！　はい！」

通りすがりの野球部員が大きな声で合いの手を入れる。大会応援《おうえん》で慣れていてテンションが高く恥《は》ずかしがらないところがよい。

大きく飛《と》び跳《は》ねる男たちの背中からも俺はダンスを撮影《さつえい》した。

穂華《ほのか》さんと柊《ひいらぎ》さんが最後にセンターに出てきて、曲の盛り上がりも最高潮となる。午後の太陽に向けて曲が鳴《な》り響《ひび》き、野球部の合いの手が響《ひび》く。

二階で飛《と》び跳《は》ねる吹奏楽《すいそうがく》部の子たちが完璧《かんぺき》に演奏して、ふたりがポーズを決めて撮影《さつえい》は終わった。

「うおおおおおかっけ――――！」

「柊《ひいらぎ》やべえ」

「穂華《ほのか》ちゃん可愛《かわい》い～～～!!」

「ダンス部やるじゃん!!」

周《まわ》りや二階、三階で見ていた人たちが一斉《いっせい》に拍手《はくしゅ》して、コの字型のテラスに拍手《はくしゅ》と歓声《かんせい》が響《ひび》き渡る。俺は体を回しながらその風景を撮影《さつえい》した。よし、撮《と》れた！

教室に戻《もど》ると予想以上の人たちが素材を提供してくれた。歌いながら撮影《さつえい》してる人や、教室の中で踊《おど》っている子たち……いろんな絵があった。

使う使わないは横に置いておいて、素材の量があるのは編集するうえで本当に助かることだ。

俺は部室からＨＤＤを持ってきて、自分の iPhone にもらった動画をどんどん入れた。

次の日の朝、俺ははやく来て部室で編集をはじめた。

昨日穂華《ほのか》さんからメッセージが来て気がついたんだけど、学校で撮影《さつえい》した何人かがＳＮＳに投稿《とうこう》してくれたみたいで「これ４ＢＯＸに投稿《とうこう》するんだって」とコメントがついていた。

それが予告編のようになり、ＪＫコンのお気に入り数がどんどんふえて、ついに三位まで順位が上がった。

ついにトップページだ。昨日の夜の更新《こうしん》で三位に上がってから、今まで見たことがない速度でお気に入り数が入り、PVが上がっていく。

突然投稿《とつぜんとうこう》するんじゃなくて、こんな風に事前に宣伝を打つのも大切なんだな……と俺は感心してしまった。まあ今回のことは偶発《ぐうはつ》的なんだけど。正直熊坂《くまさか》さんに感謝だ。

まず音声は現場のものではなく、本来の音楽を引いて、そこに俺が正面から撮影《さつえい》した動画を貼《は》り付ける。確認《かくにん》するともうこの時点ですげー良《い》い。まずはフォーメーションを見せたい所を平手《ひらて》が撮《と》ってくれた動画に切《き》り替《か》える。すると今まで狭《せま》い部室で分かりにくかった全体の動きがよく分かるようになった。正面から光が当たってるから、後ろに影《かげ》が伸《の》びててカッコいい！

平手《ひらて》は今回の撮影《さつえい》ですごく慣れてくれて、まったく画面がぶれない。すげー助かる。中園《なかぞの》が撮影《さつえい》してくれた周りの反応……これがまた良《い》い。みんな中園《なかぞの》に向かってピースしたり、踊《おど》ったりしていて、絵に力がある。これは撮影《さつえい》してる中園《なかぞの》の人徳で、中園《なかぞの》を好きな女の子たちが可愛《かわい》いメイクをして踊《おど》ってるのも入っていた。ありがたい……。

吉野《よしの》さんが撮影《さつえい》してくれたのは、吹奏楽部《すいそうがく》がメインだ。これを……と動画を見ていたら、部室のドアがノックされて吉野《よしの》さんが顔を出した。

「お邪魔《じゃま》かな？　絶対朝早くきて作業してるだろうと思って、きちゃった」

「大丈夫《だいじょうぶ》。ちょうど吉野《よしの》さんが撮《と》ってくれた所、編集してたよ。これ、すごく良《い》いね。吹奏《すいそう》楽《がく》部の部長と知り合いなの？」

「そう。一年生の時私生徒会してててね、その時に一緒《いっしょ》だったの」

「げ。一年の時に生徒会してたの」

「そう。この吹奏楽部《すいそうがく》の部長さんのお母さん、教育委員会のお偉《えら》いさんなのよ」

「えー。知らなかった」

「ね。お母さんネットワークで逃《に》げられなくて」

「何それ、言葉が笑えるんだけど」

吉野《よしの》さんは「邪魔《じゃま》したくないから」と横の机で勉強を始めた。俺は勉強をする吉野《よしの》さんが近くにいると一緒《いっしょ》に集中できる。

吉野《よしの》さんにカッコいいところを見せたいと自然に思うみたいだ。さっきまで動画を見ながら笑っていたけれど、一気に集中して編集をはじめた。必要なところ、使えないところ。音楽を使わず反応のみを使うなら、楽しく飛《と》び跳《は》ねているみんなや、野球部の背中、それに引きの絵はすごく使える。何よりカメラをまっすぐみてダンスする柊《ひいらぎ》さんと穂華《ほのか》さんはものすごく良《い》い感じだ。柊《ひいらぎ》さんは指先が伸《の》びていてそれが何よりきれいで、俺はラストカットに伸《の》びた指先と空に溶《と》ける絵を選んだ。

粗《あら》編集が終わり、あとは使える素材を洗い出してもっと細かく切りたい……やはり静かに横で吉野《よしの》さんが勉強してくれるとすげー早く進む。

ここまでにしてと吉野《よしの》さんの方を見ると、吉野《よしの》さんも俺のほうを見てふんわりと微笑《ほほえ》んだ。

そしてカバンからゴソゴソと、

「休憩《きゅうけい》する？　これ。昨日ね、お母さんが持って帰ってきたの」

「ジンギスカン味のうまい棒⁈」

「そう。北海道に出張でね。これ辻尾《つじお》くんと食べようと思って持ってきたの」

「やっぱ、気になる。食べよっか」

そういって吉野《よしの》さんが持ってきたジンギスカン味のうまい棒を開けると、

「……なんかマジで肉っぽい味がする」

「いただきます。んっ……これは……焼肉味ね」

「そうだ、焼肉味だ。いやでも、なんか一瞬生臭《いっしゅんなまぐさ》い感じがする」

「それがジンギスカン？　その前に辻尾《つじお》くん、ジンギスカン食べたことある？」

「ない。ていうかジンギスカンが何の肉かも知らない」

「羊だけど、実は私も食べたことないの。あはは！」

俺たちはジンギスカン味のうまい棒を食べながら笑った。

そして入り口のドアがノックされて開くと、そこに柊《ひいらぎ》さんが立っていた。

「おはようございます。すいません、朝から」

俺は食べていたうまい棒を机に置いて慌《あわ》てて立ち上がる。

「お菓子《かし》食べてて匂《にお》うけど、どうぞ」

「いえ。ここで。昨日の撮影《さつえい》、ありがとうございました。撮影《さつえい》を見ていた人たちが六人ほど昨日入部したいと来てくれて。私はスパイダーにしか興味がないので、ダンス部の中でもスパイダーを踊《おど》らないライトな組を作ることにしました。そのことを話しにきました」

「そうですか、良かったです。あ、昨日の動画、まだ粗《あら》編集ですけど……どうぞ」

俺は部室の中に柊《ひいらぎ》さんを入れて椅子《いす》に座らせて動画を見せた。

柊《ひいらぎ》さんはそれを黙《だま》って見た。そして俺に向かって丁寧《ていねい》に頭を下げて、

「今回は本当に助かりました。部員が減ったことに責任を感じ、突然《とつぜん》のお願いから失礼しました。私は新しいことに興味がなく、ひとりではこんなことに踏《ふ》み切《き》れませんでした」

「いえいえ、助かったのは本当にこっちなので」

順位を上げる方法がわからなかったけど、これがきっかけでトップページまで来た。

柊《ひいらぎ》さんは椅子《いす》から立ち上がり、

「……うちのバレエ教室の近くに美味《おい》しいジンギスカンのお店があります。もし良かったら映画部の人たちと来てください。ご馳走《ちそう》します」

「！　ありがとうございます。ぜひ」

「では失礼します」

そういって柊《ひいらぎ》さんは部室から出て行った。

俺と吉野《よしの》さんは残っていたジンギスカン味のうまい棒をカリカリ食べながら「ひょっとして

話聞かれてた？」と話した。でも柊《ひいらぎ》さんがあれこれ外に話すわけがないし、最初あれほど距離《きょり》があった柊《ひいらぎ》さんに「来てください」と言われたのが嬉《うれ》しかった。

吉野《よしの》さんはスマホをいじりながら「うまい棒、こんな限定品があるのね」と目を輝《かがや》かせた。

俺は俺の前だけで可愛《かわい》い吉野《よしの》さんがすげー好きで……ということは、ダンスでカッコいい柊《ひいらぎ》さんと穂華《ほのか》さんの、反対の面も入れたほうが良《い》い気がする。俺は前に撮《と》ってあった動画を探し出した。

これはかなり前に俺がこっそり撮影《さつえい》していたもので、毎回縛《しば》りなおしていた柊《ひいらぎ》さんの髪《かみ》の毛《け》を、穂華《ほのか》さんが「私こういうの得意です！」と縛《しば》ってあげていたシーンだ。暗い部室で穂華《ほのか》さんが柊《ひいらぎ》さんの髪《かみ》の毛《け》を縛《しば》ってるのが良《い》いなあと思ったので、こっそり録画していた。穂華《ほのか》さんはそのポニーテールに自分が持っていた大きなリボンを付けた。

柊《ひいらぎ》さんは戸惑《とまど》っていたけど、皆《みんな》から「可愛《かわい》い」と言われて、そのまま踊《おど》り始めたものだ。揺《ゆ》れるリボンは穂華《ほのか》さんとお揃《そろ》いで、それは本番でも同じものを……しかも柊《ひいらぎ》さん自ら付けていた。

なんだか最後のまとめに良《い》いなと思ったのでそれをくっ付けて、4BOXの応募《おうぼ》サイトに動画をアップした。メンバーが取り上げてくれたら更《さら》にPVが伸《の》びて一位に手が届く。

頼《たの》んだ！

第13話　合宿に行こう

「よしっと。こんなもんで良いか」

俺は合宿の荷物を詰《つ》め込んだリュックを床《ゆか》に置いた。

吉野《よしの》さんと行くはじめての合宿で、服にはこだわりたいけど、メインは撮影《さつえい》だ。カメラとノートパソコンとＨＤＤ。正直これだけでクソ重たいから、服は最低減にした。というかもう入らん。

ＪＫコンのサイトを確認《かくにん》すると、かなりお気に入り数が増えて、二位は目前だ。三連休の初日、今日の朝４ＢＯＸがダンス動画を見る配信をするから、そこで取り上げて貰《もら》えることを祈《いの》るしかない。配信時間にちょうどみんなと新幹線に乗っているので、一緒《いっしょ》にみようとテンションを上げている。

一位は相変わらず新山《にいやま》で、その圧倒的《あっとうてき》なＰＶ数と、過激になっていく写真がすさまじい。

昨日の写真は校内で白の水着を着た状態で、制服のワイシャツを羽織るのみ。ついにスカートを脱《ぬ》ぎ捨《す》てて裸足《はだし》だ。その周りに男子生徒十人ほどが土下座している。女王さまか何かか？これさすがに……と思ってしまう。

コメント欄《らん》も批判的なものが増えてきて、少し怖《こわ》さを感じてしまう。でも男性も女性も良《い》いと思ってくれるものを作るのは難しい気がする。

新山《にいやま》の動画を見ていたら吉野《よしの》さんから電話がかかってきた。

出るとそれはビデオ通話で、俺は慌《あわ》てて髪《かみ》の毛《け》を整えて出た。

『今大丈夫《だいじょうぶ》？』

吉野《よしの》さんはもうパジャマ姿だった。この前も見たけど、吉野《よしの》さんのパジャマ姿は本当に可愛《かわい》い。ピンクのストライプでシンプルな所がすごく好きだ。襟《えり》が大きめでそれも可愛《かわい》い。

「うん、ＪＫコンのサイト見てただけ」

『さっき穂華《ほのか》が家に飛び込んできて大騒《おおさわ》ぎしてたんだけど、４ＢＯＸの予告に、うちの動画がチラッと見えるのね』

「え。マジで、どこにあるやつ？」

『動画サイトにアップされてるの。見てみて！』

送られてきたＵＲＬをクリックすると、そこに４ＢＯＸの次回予告的な映像が流れ、そこに穂華《ほのか》さんと柊《ひいらぎ》さんが階段から上ってきてこっちをみるカットが使われていた。

俺が撮《と》った絵だ！　そして飛《と》び跳《は》ねる野球部員の背中の絵に『朝八時から配信決定！』と文字が載《の》った。これも俺たちが使った絵だ！

「おおおお……これはすげー取り上げて貰《もら》えそうだな」

『そうなの！　もう穂華《ほのか》が大騒《おおさわ》ぎですごかったのよ。家に帰らなくて』

「あははは。うん、でも分かるな」

俺はその予告編をループで流しながら頷《うなず》いた。

吉野《よしの》さんは『だから電話するのが遅《おそ》くなっちゃったんだけどね』とゴソゴソと動き、

『あのね、いつも着てるこのパジャマと、このモコモコパジャマ、どっちがいい？』

そういって吉野《よしの》さんが見せてくれたのは、ショートパンツでピンクと水色のすごく可愛《かわい》いパジャマだった。上の部分にはウサギの耳が付いている。

おおおおいいいいい可愛《かわい》いけれど‼　俺は慌《あわ》ててスマホに顔を寄せる。

「いやちょっとまって。そんな可愛《かわい》いの合宿に着てきたら絶対ダメだよ！」

『え？　せっかく辻尾《つじお》くんに見せたいなと思って準備したのに』

「いや、その気持ちはすげー嬉《うれ》しいけど、俺だけじゃないだろ、合宿なんだから。中園《なかぞの》とか平《ひら》手《て》とかいるんだから、そんな可愛《かわい》いパジャマ姿見せなくていいよ、もしその服装だったら『寒いんじゃない？』とか適当言って俺のジャージ穿《は》かせる所だった！」

俺がブンブンと首を左右に振《ふ》っていると、その姿を見た吉野《よしの》さんはケラケラと笑い、

『……そっかあ。じゃあいつもの、これにする』

「中学の時のジャージとかダサいほうがいいよ。もうあんな可愛《かわい》いの絶対見せないで。いやいや、もう絶対ダメだから」

『えへへへへ。そっかあ。私辻尾《つじお》くんに見せたいしか考えてなかったから』

「いや、もちろん見たいよ。すげー見たいけど、その気持ちが百なら、俺だけ見たい気持ちが

一万だから」

『……うん。じゃあ、見せられる日まで取っておくね』

スマホ画面の前で吉野《よしの》さんがふにゃりと笑って、明日は夜も一緒《いっしょ》に居られると思うと、すげーテンションあがってきた。俺は吉野《よしの》さんが作ってくれた合宿の栞《しおり》を見ながら明日のスケジュールを確認《かくにん》して通話を切った。合宿の栞《しおり》は吉野《よしの》さん手作りなんだけど、集合場所から電車の時間、どこで何をするか的確に書いてあって、それに手書きの文字がすげー綺麗《きれい》なんだ。みんなで「すげー！」と叫《さけ》んだけど、吉野《よしの》さんは「その程度で？」という表情だった。

吉野《よしの》さんが部活にいてくれて本当に良かった。

合宿先でも吉野《よしの》さんの写真を撮《と》りたい。iPhoneの容量きつくなってるから、写真バックアップしようと開いたら、一緒《いっしょ》に出掛《でか》けた時のマックのシェイクを飲む吉野《よしの》さんや、クッキーを食べている吉野《よしの》さん、そして屋上でデッキブラシを持ってピースしている吉野《よしの》さんが出てきて、なにひとつ消せないな、とスマホを落とした。むしろここに合宿の写真を足したい、増やしていきたい。

あー、合宿が楽しみすぎる！

合宿当日。

六月にしては湿度《しつど》も低く、気持ち良く晴《は》れ渡《わた》った青空の下、俺はリュックを背負って家を出た。電車の中で伊豆《いず》の天気を確認《かくにん》したら、二日とも快晴。良《い》い合宿になりそうだ。

新幹線乗り場に向かうために通路を歩いていたら、横に吉野《よしの》さんが来た。

「おはよう、辻尾《つじお》くん」

吉野《よしの》さんは大きな帽子《ぼうし》を被《かぶ》っていて、少しゆったりとしたTシャツにショートパンツ姿だ。シンプルだけどTシャツの下に着ているのはいつも変身してる時に着ているレースが付いている黒いキャミだと気がついた。俺は挨拶《あいさつ》をして一歩近づき、

「あのさ。よく考えたら、変装じゃない姿で一緒《いっしょ》に出かけるの……はじめてじゃない？」

昨日の夜吉野《よしの》さんフォルダを見直していて気がついたんだけど、変装してるか、制服しか写真がなかった。よく考えたら当然だ。外で会うときはバイト先だし、その他は学校だ。だから私服の吉野《よしの》さんと出掛《でか》けるのは今日がはじめてだった。吉野《よしの》さんはハッとした顔になり、

「そうかも。何度も一緒《いっしょ》に出かけてたけど、意識したことなかった」

「そうだよ。すげー新鮮《しんせん》。やべー……。今度図書館で勉強する時、変装じゃなくて……いや変装で……いや変装じゃなくて……」

俺がモゴモゴと考えながら言葉を吐《は》くと、吉野《よしの》さんはクスリと笑い、

「何度だって一緒《いっしょ》にお出かけできるから、色んな服着るね？」

俺は無言でコクコクと頷《うなず》いた。正直俺は変装している吉野《よしの》さんに惚《ほ》れていて、その後学校の姿を好きになった。だから変装している吉野《よしの》さんはマジで大好きで、いつもバイト終わりに会

えるのを楽しみにしている。新しい服やウイッグや、少し凝《こ》った化粧《けしょう》も良《い》いけれど、制服じゃないシンプルな私服姿なのに可愛《かわい》い吉野《よしの》さんも最高だ。

「紗良《さら》っち、辻尾《つじお》っち、こっこで——す！」

新幹線乗り場に着くと、そこにはすさまじく大きなスーツケースを持った穂華《ほのか》さんが立っていた。海外に一週間以上行けそうなサイズで、穂華《ほのか》さんの腰《こし》くらいまでの高さがある。

吉野《よしの》さんは穂華《ほのか》さんに一歩近づき、

「穂華《ほのか》……これ、さすがに大きすぎない？」

「アイドルは同日でも同じ衣装《いしょう》NGなの！　場所ごとに着替《きが》えるから山盛り持って来た！」

そう言ってスーツケースを叩《たた》いた。確かに4BOXの番組見てても、旅行の最中なのに女の子の衣装《いしょう》は毎回違《ちが》う気がする。衣装《いしょう》で区切ったほうが編集しやすいか……と俺は納得《なっとく》した。

穂華《ほのか》さんはスマホを取りだして、

「辻尾《つじお》っち見ました？　4BOXの予告にうちらが出てるの！　これは来ちゃいますよー！」

「見た見た。配信楽しみだな。八時からだろ？　丁度いいじゃん。新幹線のWi-Fi大丈《だいじょう》夫《ぶ》かな」

「心配ですよね、あれブチブチ切れてクソすぎません？」

結局五人居れば誰《だれ》かのスマホは繋《つな》がるだろうと話していたら中園《なかぞの》が来た。

「うい——す、おはよ——」

「ちょっと中園先輩《なかぞのせんぱい》、リュックからバドミントンがめっちゃはみ出してますよ?!」

「やりたくなって、昨日ドンキで買っちゃった。ほら、羽根が巨大《きょだい》」

待ち合わせ場所にきた中園《なかぞの》が手に持っていたのは、バドミントンの羽根だった。でも普通《ふつう》のサイズの四倍くらいあり、すげーデカい。

中園《なかぞの》はリュックからバドミントンを取りだして、

「中学の時に陽都《あきと》と対決して負けたの思い出したから」

「そんなことしたっけ？」

「……辻尾《つじお》くんは、バドミントンが強いんですか？」

興味津々《きょうみしんしん》で吉野《よしの》さんは中園《なかぞの》に聞いた。中園《なかぞの》はなぜかドヤ顔で、

「ラリーしようとする俺と、スマッシュしたい陽都《あきと》の熱い対決ってヤツよ！」

「じゃあ俺が撮影《さつえい》しよう」

と合流した平手《ひらて》は楽しそうに微笑《ほほえ》んだ。

バドミントンなんて中学の時にしたっけな……と思っていたら、騒《さわ》いでいた俺たちの前に穂華《ほのか》さんが飛び込んできた。

「みなさん、これは部活の合宿ですよ！　念願のトップページまで来たんです。手が届かないと思っていた一位が目前です！　新山《にいやま》さんに勝ちたいんです、ガチでよろしくお願いしますっ！　中園先輩《なかぞのせんぱい》そのバドミントン片づけてください！　辻尾《つじお》っちカメラはこれです、充電《じゅうでん》し

てきました。待ち合わせから撮影《さつえい》よろしくお願いします！」

そう言って穂華《ほのか》さんは俺からリュックを奪《うば》い、吉野《よしの》さんに渡《わた》した。そして撮影《さつえい》用の iPhone をグイグイと渡《わた》してきた。その目は真剣《しんけん》だ。確かに合宿が楽しみすぎて、撮影《さつえい》意識が抜《ぬ》けていた。まあ俺も宇佐美《うさみ》に負けるのは気に食わない。

確かに合宿編の一話を始めるなら待ち合わせからだ。俺は少し離《はな》れた場所から録画をはじめて、新幹線口にいる穂華《ほのか》さんを撮影《さつえい》した。

もう今日の夜には合宿一本目を上げたいから、内容を考えながら撮影《さつえい》するのが大切だ。考えながら笑ってしまう。今までただ好きに編集して遊んでたのに、今は上手に動画を撮影《さつえい》してアップすることばかり考えている。そんな自分が新鮮《しんせん》で、少し楽しい。

穂華《ほのか》さんが駅弁を買う所を撮影《さつえい》して、新幹線に乗り込みＷｉ－Ｆｉを繋《つな》いだ。

穂華《ほのか》さんは画面を見て、

「ああ……緊張《きんちょう》しますっ！　予告にあれだけ使って本編で出てこないとかないですよね?!」

「いや分かんない。そんなことまで分からない」

俺は静かに首を横に振《ふ》った。なんだか緊張《きんちょう》してきた。

この４ＢＯＸに流れるかどうかも含め、絶対面白《おもしろ》く使える動画になると思い、俺はスマホを立ち上げて、画面を見ている穂華《ほのか》さんを撮影《さつえい》しはじめた。

「はじまった！」

穂華《ほのか》さんが叫《さけ》びみんなで「おおおお！」と言いながら配信を見る。

新幹線の中だから大声は厳禁だけど、４ＢＯＸに自分たちが作った映像が出るかも……と思うと興奮が止まらない。

まずメンバーが今どれくらい踊《おど》れてるか順番にＶが流れ、それに対する人間模様が描《えが》かれる。

どうやら初恋《はつこい》だったカップルが組んだようで、ふたりだけの時に「小学校の時にフォークダンス一緒《いっしょ》に踊《おど》ったよね……」と女の子が言っているが、男のほうは「そうだっけ？」と軽い調子で女の子が怒《おこ》っている。穂華《ほのか》さんは「あー、やっちゃった。あー紗良《さら》っちダメだよね。昔のこと覚えててくれない男はクソだよ」と首を横に振《ふ》った。

吉野《よしの》さんは「まあ……覚えていてくれると嬉《うれ》しいけれどね」と曖昧《あいまい》に頷《うなず》き、中園《なかぞの》は「俺全員と踊《おど》ったから大丈夫《だいじょうぶ》」とスーパー陽キャを見せつけた。

そして視聴者投稿《しちょうしゃとうこう》コーナーになった。

ここでも昨日見た予告編が流れて、穂華《ほのか》さんが口を押さえて悶絶《もんぜつ》する。もうすぐ流れるかも！　でも……俺はスマホで時間を確認《かくにん》した。品川《しながわ》から熱海《あたみ》ってすげー近い。

きっとこの番組は一時間ある。だからこのままじゃ新幹線の中で見られない気がする。

吉野《よしの》さんもそれに気がついているみたいで、

「あー……どうしよう。ねえ、みんな、荷物、荷物持ってみて。もうすぐ着くから。熱海《あたみ》近いのよ？」

穂華《ほのか》さんは吉野《よしの》さんの言葉など全く聞こえてない表情で画面を見て、

「応募《おうぼ》総数276！　10日間でヤバくない？」

中園《なかぞの》は買ったおにぎりを食べながら、

「うっほ、すげー、プロみたいな子たちもいるじゃん」

いや、ちょっと待て。吉野《よしの》さんがお手製栞《しおり》に書いてたよな？　この後の特急列車のが長く乗るからご飯はそっちな？　平手《ひらて》は動画を見ながら真剣《しんけん》な表情で、

「みんなカメラ上手だな……俺ももうちょっと上手に撮《と》れるようになりたい」

と呟《つぶや》いた。一緒《いっしょ》に撮影《さつえい》勉強しようぜ、俺も全然わからないんだけど。

俺は撮影《さつえい》を続けながら時間を確認《かくにん》して、なんとなくリュックを背負いなおした。

新幹線の中にいる間に流してくれると助かるんだけど……！

穂華《ほのか》さんはキュッと指を組んで神様に祈《いの》るようにして唇《くちびる》を噛《か》んだ。

「……出るよね、紹介《しょうかい》してもらえるよね……」

俺はその表情をアップで撮影《さつえい》した。

ダンス部に入って柊《ひいらぎ》さんに交渉《こうしょう》して、ここまで頑張《がんば》ってきたのは穂華《ほのか》さんだ。

俺だって編集してきたから取り上げてほしい。祈《いの》る気持ちで画面を見ていたら、出演者が「俺たちが一番気に入ったのはコレ！」と声を上げた。

そして流れたのは、俺たちの動画だった。

穂華《ほのか》さんが叫《さけ》ぶのと同時に、新幹線内にチャイムが鳴り、熱海《あたみ》に到着《とうちゃく》した。ああああ最悪のタイミングだ！

「!! きた!!」

吉野《よしの》さんは穂華《ほのか》さんの服を引っ張り、

「着いちゃった、着いちゃった、ねえみんな荷物持って、穂華《ほのか》！ 降りないと！」

「きゃあああ見てすごい、ヤバい、4BOXで流れてる、紗良《さら》っち！ 見てすごい！」

穂華《ほのか》さんは画面を見て大興奮、まったく吉野《よしの》さんの話を聞いていない。

中園《なかぞの》は「おおおお、すげーじゃん、マジ流れてる。うおおお」と拍手《はくしゅ》して、平手《ひらて》も「いいね、すごい、おお、全部流してくれるのウチのだけっぽくない？」と目を輝《かがや》かせる。

吉野《よしの》さんは「もう！」と怒《おこ》り、みんながのぞき込んで離《はな》れない穂華《ほのか》さんのスマホを掴《つか》んで、

「一回降りるの〜〜!!」

と通路を走り始めた。

それを追ってみんなが「あ〜〜〜」と新幹線の中から出ていく。

吉野《よしの》さん強制手段ナイス！ 俺も降りようと席を確認《かくにん》のために見たら大量の荷物が残されていた。嘘《うそ》だろ?! それを全部掴《つか》んで、席の後ろに穂華《ほのか》さんが巨大《きょだい》なスーツケースを置いていたのを思い出して見たら、それも置きっぱなしだった。何も持ってないじゃねーか！

それも掴《つか》んで新幹線を飛び降りる。

ギリギリ間に合った……。

カメラを手に持ち直し、撮影《さつえい》を続けたまま、新幹線が去ったホームのふち、吉野《よしの》さんがスマホを持ちみんなが集まっているところに行った。

どうやら4BOXで俺たちの動画だけはフルで流してくれたようで、最後に俺がつけたメイキングまで入っていた。

見終わった出演者たちは「いやこれ学校の中庭で撮《と》っててさ、すげー熱いよな」「しかもめっちゃ上手《うま》いし」「女の子たち可愛《かわい》いよね。それに吹奏楽《すいそうがく》部とコラボしてるのすごい！」「野球部の掛《か》け声懐《ごえなつ》かしくない？」「なにより最後のメイキングがいいよね～。なんか青春って感じ！」とみんな褒《ほ》めてくれて、最後に「この穂華《ほのか》ちゃんはJKコンに参加してて、その一環《いっかん》で応募《おうぼ》してくれたみたい。JKコンのサイトにメイキング上がってたから私見たんだけど、すごく可愛《かわい》かったよー！　なんていうかエモエモだった」と宣伝までしてくれた。

……やべ、なんかすげー感動するんだけど。

予告みたいのって地味に大切なんだと知ったから、4BOXを見てくれた人がサイトに来てくれるようにJKコンのサイトのほうに昨日の夜少しだけメイキングを載《の》せてきた。

もう疲《つか》れ果《は》ててそんな長いものじゃないけど、とりあえずあったほうが良《い》いのかなって。

それまで見てくれるなんて……。

地味にやってきたことを評価されたみたいで、嬉《うれ》しくて仕方がない。

中園《なかぞの》は振《ふ》り向《む》いて俺の肩《かた》を摑《つか》んで、

「うおおお、陽都《あきと》やったじゃん！」

と叫《さけ》ぶ。声がデケー。新幹線から降りてて良かった。でも撮影《さつえい》してるからちょっと落ち着いてくれ、画面が全部中園《なかぞの》だ。平手《ひらて》はしんみりとした表情で、

「なんか……ちゃんと見てくれて良かったね。頑張《がんば》って良かったな」

と静かに言った。分かる、分かるぞ平手《ひらて》。JKコン終わったら二人で打ち上げ行こう。

吉野《よしの》さんは目を潤《うる》ませて「辻尾《つじお》くん、やったね！　全部流してもらえたのウチらだけだよ」

と微笑《ほほえ》んだ。うう可愛《かわい》い……。

「……辻尾《つじお》っちいいいい、やったあああああ」

静かだなと思った穂華《ほのか》さんは感動で震《ふる》えていたようで、俺と目があった瞬間《しゅんかん》にその場で飛《と》び跳《は》ねて喜んだ。そして俺のほうに駆《か》け寄《よ》って、

「私が柊先輩《ひいらぎせんぱい》の髪《かみ》の毛縛《けしば》ってたの、撮影《さつえい》してたんですか？」

「ああ。嫌《いや》がって逃《に》げそうなのに柊《ひいらぎ》さんが静かに縛《しば》ってもらってるの良《い》いなと思って」

「そうなんですよ！　本番でも『あれ付けない？』って言ってくれてすごく嬉《うれ》しかったんです。わ――、ああいう小さいの撮《と》っておいてくれるの、嬉《うれ》しいです、ありがとうございます！」

そういって笑顔《えがお》を見せた。

これでPVは確実に上がるし、二位はいけるだろ、良かった……と俺は撮影《さつえい》を一度止めた。

スマホをカバンに入れていたら吉野《よしの》さんがサッと顔色を変え、

「次の電車のホームに行かないと！」

「あ――行こう、そうだ乗《の》り換《か》えだ」

と中園《なかぞの》と穂華《ほのか》さんは走り出したけど、俺は身体《からだ》が重たくて動きにくい。ふと気がつくと、新幹線の中に置き去りだった荷物を人間ハンガーのように持っていた。

「おいちょっとまて、そこのふたり！　新幹線の中に荷物忘れそうだったところ、俺がもってきたんだよ、自分で持て！」

「あ」とふたりは立ち止まり「さーせん、さーせん」と荷物を受け取った。

俺の姿を見て穂華《ほのか》さんは、

「なんかあれっスよね。ランドセルじゃん負け思い出しました」

「あ――。やったやった。俺じゃんけん強くて毎回手ぶらで帰ってた。陽都《あきと》は？」

「俺は持たされたほう」

話していたら、吉野《よしの》さんがきょとんとして「ランドセルじゃん負け……って何？」と聞いてきた。吉野《よしの》さんはきっとしたことがないだろう。俺は吉野《よしの》さんに向かって手を差し出して、

「じゃんけん……ほい！」

「……？」

吉野《よしの》さんは不思議そうな顔をして、それでもじゃんけんをして、俺に勝った。

俺は吉野《よしの》さんの荷物をパッと持ち、

「じゃんけんで負けたほうが荷物持つゲーム。ほら、行こう！」

と次の電車に向かって走り出した。吉野《よしの》さんは「あー、なるほどー。これは楽ー」と笑顔《えがお》を見せた。


「陽都《あきと》くん以外は、はじめまして。達也《たつや》の父です」

「よろしくお願いします！」

泊《と》まらせてもらう別荘《べっそう》の最寄《もよ》り駅《えき》で降りると中園《なかぞの》の親父《おやじ》さんが車で待っていてくれた。

ロマンスグレーの髪《かみ》に、サーフィンが趣味《しゅみ》だという身体《からだ》は、俺の父さんなんて足下《あしもと》にも及《およ》ばないほどしっかりしている。それに最後に会った時より、若々しく見える気がする。

たしか前に会ったのは中三の夏……中園《なかぞの》とファミレスにいたら車で迎《むか》えに来た。

顔とか全然覚えてなくて、ただ外で待っていた中園《なかぞの》の親父《おやじ》さんが黄色の傘《かさ》をさしていて、それがものすごく気になった。大人が黄色の傘《かさ》なんてさすんだなって、妙《みょう》に覚えてる。

ゲリラ豪雨《ごうう》で逃《に》げ込んだファミレスの中、中園《なかぞの》も俺もお金がなくてドリンクバーだけ頼《たの》んで雨がやむのを待っていた夏の暗い昼。

何を話していたのかも覚えてないけど、中園《なかぞの》はすげー楽しそうなのにすげー悲しそうで、世界に絶望しながら俺と笑っていた。宇佐美《うさみ》に裏切られて中園《なかぞの》に救われたから、あの頃《ころ》は少し荒《あ》れてた中園《なかぞの》とただ一緒《いっしょ》にいると決めていた。

中園《なかぞの》の親父《おやじ》さんは、ニコニコしながら俺に近付いてきた。

「陽都《あきと》くん、久しぶりだね。なんか大人っぽくなったね。お母さんは元気？」

「はい。なんか電話したみたいですいません。長話でご迷惑《めいわく》かけませんでしたか？」

「久しぶりで嬉《うれ》しかったよ。聡美《さとみ》とも仲良くしてもらってるみたいで助かってるんだ」

「そうですか」

聡美《さとみ》とは中園《なかぞの》のお母さんのことだ。

中園《なかぞの》の親父《おやじ》さんの家に撮影《さつえい》合宿にいくというのは絶大な説得力があって本当に助かった。

「さあ、乗って。行こうか！」

「よろしくお願いします」

挨拶《あいさつ》を終えて俺たちは止めてあった大きめのミニバンに乗り込んだ。この辺りは車なしでは移動できないということで、中園《なかぞの》の親父《おやじ》さんが全部送迎《そうげい》してくれるようで助かる。

穂華《ほのか》さんが見えてきた海を見て声を上げる。

「わあ、すごく景色が良《い》いですねー！」

「景色しかないけどね、良《い》い所だよ」

「景色が良《い》いってことは、ご飯も美味《おい》しいってことですよね」

「お昼に海鮮丼《かいせんどん》を準備しておくね」

「海鮮《かいせん》！　中園先輩《なかぞのせんぱい》は何の海鮮《かいせん》が好きなんですか？」

「……ホタテ」

「貝ですか！　私はアサリ派です！」

「ボンゴレ良《い》いよね」

「さすが平手先輩《ひらてせんぱい》、同意見です」

穂華《ほのか》さんは中園《なかぞの》の親父《おやじ》さんとはじめて会ったのに、上手に会話を広げて周りに渡《わた》していく。

これは本当にある種の才能だ。何より気になるのは、朝からウキウキと騒《さわ》いでいた中園《なかぞの》が駅に到着《とうちゃく》した瞬間《しゅんかん》から「ホタテ」しか言ってないことだ。

なんというか仕方ないけれど本当に一言も話したくないんだな。でも中学の時のイザコザを見てると仕方がない気がする。浮気《うわき》する人は俺も正直好きになれない。

穂華《ほのか》さんが話している間に車は爬虫類《はちゅうるい》専門の動物園に到着《とうちゃく》した。

「着替《きが》えたいですっ！　車借りていいですか?!」

到着《とうちゃく》すると穂華《ほのか》さんはすぐに大きなスーツケースを開き、車の中で着替《きが》えて、迷彩《めいさい》服の上着にショートパンツで出てきた。

たしかに爬虫類《はちゅうるい》の動物園なんだから、これくらい演出があっても良いかもしれない。

中園《なかぞの》の親父《おやじ》さんはスーパーが遠いから買い出しにいくらしく、二時間後くらいに迎《むか》えにくると去って行った。

「じゃあ撮影《さつえい》してく」

「よろしくお願いします！」

完全に撮影《さつえい》にハマった平手《ひらて》がメインで穂華《ほのか》さんを撮影《さつえい》しつつ、動物園内に入る。

ここは爬《は》虫《ちゅう》類《るい》専門の動物園で、入ってすぐに大きなトカゲが出迎《でむか》えてくれる。おおお……すごい。幸いこのメンバーは「爬《は》虫《ちゅう》類《るい》絶対ムリ！」な人はいなくて「得意じゃないけど逃《に》げ出《だ》すほどではない」らしくここに来る事にした。

実は俺はここでものすごく気になってる生き物がいた。それは……、

「おおお……でかい、これが……」

暗い通路の奥にもっさもっさと動く物体、リクガメだ。ここは通路にリクガメがいて、餌《えさ》をあげられる体験ができると知っていてずっと来たかった。

「わああカメさんです、カメさんです、わあああ！」

穂華《ほのか》さんもテンションが上がっているが、実は密《ひそ》かに俺もすげー楽しい。撮影《さつえい》は平手《ひらて》がしているので、俺も餌《えさ》を買って近付いてみる。近くで見ると思わず声が漏《も》れる。

「おおおお……カメ、でかい」

同じように餌《えさ》を買った吉野《よしの》さんも横に来て目を輝《かがや》かせた。

「辻尾《つじお》くん、これ楽しみにしてたよね」

「リクガメやばくね？　このでかさとゆっくりもっさり……恐竜《きようりゆう》だよ、恐竜《きようりゆう》。この足が可愛《かわい》くね？　やべえリクガメ可愛《かわい》いわ」

「そんな風に考えたことなかったけど……たしかに可愛《かわい》い……あっ、ごめんね、あらら、ちょっと私邪魔《じやま》かな。あっ……ごめんね、踏《ふ》んでない？　カメさん、あのカメさん」

そう言って吉野《よしの》さんは餌《えさ》を求めてウロウロ移動するリクガメに気を遣《つか》って遠くに離《はな》れていく。

その時に持っていた餌《えさ》を落としてしまい、勝手に喰《く》われてしまった。

「あ……小松菜《こまつな》……」

俺はもうその姿が可愛《かわい》くて、平手《ひらて》にも中園《なかぞの》にも見られたくないと思ってしまう。

ふたりが穂華《ほのか》さんの餌《えさ》やりを撮影《さつえい》している間に奥の方に移動して、カメの前に座り俺が持っていた餌《えさ》を渡《わた》して小さな声で話しかける。

「（はい、どうぞ）」

「（……辻尾《つじお》くんは？）」

「（俺もあるからさ。なにより吉野《よしの》さんみてるのも楽しい）」

「（もお）」

そういって目だけチラリと動かして俺のほうを見て、小松菜《こまつな》をリクガメの口元に持って行くとモッサモッサとリクガメが食べ始めた。

「（食べてる！　やだ、可愛《かわい》い。モクモクしてるのね……って何撮影《さつえい》してるの？）」

「（……いや、こういうショットも必要かなって）」

「（もお……ダメだよお）」

そう言って吉野《よしの》さんは身体《からだ》ごとトン……と俺にぶつかってきた。

そして少しだけ俺に身体《からだ》を預けて腕《うで》にスリ……と甘えてきた。

この通路は真っ暗で混んでいて、くっ付いていても変じゃない。

なによりリクガメにご飯をあげて「見て見て、辻尾《つじお》くん！　すごいモックモック全部食べちゃったよ」と微笑《ほほえ》む吉野《よしの》さんが可愛《かわい》すぎる。ああ、もっと見ていたいと思うが……。

「リクガメかっけえええ！　太古のエナジーを感じるぜ！」

暗い通路に中園《なかぞの》の声が響《ひび》き渡《わた》っている。姿は見えないのにどこにいるのか分かるレベル。

さっきまで「ホタテ」しか言わなかったのに、親父《おやじ》さんがいなくなった瞬間《しゅんかん》に元通り。

安心するけどこれは迷惑《めいわく》。俺は顔を上げて中園《なかぞの》を探して、普通《ふつう》に突《つ》っ込む。

「テンション上がりすぎだろ」

「いや陽都《あきと》が楽しみにしてたから何かと思ったけど、リクガメやべえ、遊園地の屋上にあった乗り物思い出すわ」

それパンダじゃね？　いやでも分かる。リクガメまじでいい。

その後も暴《あば》れ狂《くる》うワニに餌《えさ》を投げたりして動物園を楽しんだ。

俺がお土産《みやげ》コーナーでリクガメのキーホルダーを手に取ると、吉野《よしの》さんも隣《となり》にきて、同じキーホルダーを手に取った。

おそろい……と思ったら、俺の後ろの中園《なかぞの》は超巨大《ちょうきょだい》なリクガメぬいぐるみを購入《こうにゅう》しようと抱《かか》えて並んでいた。

なんでだよ。


「わあ、すっごく大きい、キレイ、えっ⁈　お父さんこんな所にひとりで住んでるんですか？」

「うちは海外の取引先が多いから、その人たちが長期宿泊《しゅくはく》するための別荘《べっそう》なんだ」

そう言って中園《なかぞの》の親父《おやじ》さんは微笑《ほほえ》んだ。

中園《なかぞの》の親父《おやじ》さんは商社勤めで、海外を飛び回る生活をしていた。退社後もそのコネをいかして貿易関係の仕事をしているらしい。ゲストルームとして使うことも多いと言われて通された部屋は、洋館なのに中は和風で、美しく整えられていた。

デッキからは小さく海が見えてキラキラと反射して美しい。穂華《ほのか》さんは目を輝《かがや》かせて、「すごくバエる〜〜〜！　すごい〜〜〜」

平手《ひらて》は両手をポケットに突《つ》っ込んだまま「ほえー」と家の中を見た。

部屋は男女に分けて二部屋使うことになり、近くには温泉もあるらしく、バーベキューの後に車を出してくれるという話だった。

温泉！

一緒《いっしょ》に入れるわけでもないのに、露天風呂《ろてんぶろ》で頭にタオルを巻いて温まっている吉野《よしの》さんが浮《う》かんで黙《だま》った。

いやカメラ待て先走るな。まず俺が先に入って待ってると吉野《よしの》さんが入ってくる。足下《あしもと》からカメラ上げてタオルを前にした吉野《よしの》さんが微笑《ほほえ》んで湯船にはいって?!

いやいやいや、俺ほどのチキンがそんなの妄想《もうそう》するのも……いやふたりで行く旅行なら全然あり……え？　そんなこと提案できるの俺？

いやいやいや、未来のディナーより本日頂けるディナー。

俺は湯上がり女子が大好きだ。少し濡《ぬ》れている髪《かみ》の毛《け》とか、もっさりとした雰囲気《ふんいき》とか、風《ふ》呂上《ろあ》がりの肌《はだ》とか。そういう姿を見られるのも旅行に来たって感じがする。

俺レベルになるとむしろ風呂上《ふろあ》がりがディナー、前菜は入浴……何考えてるのかよく分からなくなってきた。色々と妄想《もうそう》していたら俺の視界にヒョイと中園《なかぞの》が入ってきた。

「大丈夫《だいじょうぶ》か、陽都《あきと》。視点が定まってないけど」

おっと、色んな吉野《よしの》さんを妄想《もうそう》しすぎて意識を失っていた。

冷静に心を整えて意識を戻《もど》す。

「……大丈夫《だいじょうぶ》だ。腹が減ったなと思って」

「お父様、これ食べちゃって良いんですか？　すごく豪華《ごうか》な海鮮丼《かいせんどん》！」

俺が妄想《もうそう》の世界に行っている間に中園《なかぞの》の親父《おやじ》さんがお昼用に海鮮丼《かいせんどん》を準備してくれていた。

俺たちはそれを食べて、ＪＫコンのサイトに入ってくるコメントを読んで盛り上がった。

そして食後、中園《なかぞの》と穂華《ほのか》さんと平手《ひらて》は、別荘《べっそう》の裏にある小さな海岸を見に行くと準備をはじめた。

俺はノートパソコンを取り出した。

「俺は今日の夜アップするために編集する」

「じゃあ私は、お父様と一緒《いっしょ》にバーベキューの準備をしようと思います」

吉野《よしの》さんは海鮮丼《かいせんどん》の食器を片づけながら微笑《ほほえ》んだ。

‼　マジで？　じゃあこの別荘《べっそう》に残るのは吉野《よしの》さんと俺と中園《なかぞの》の親父《おやじ》さんだけか。

こっそりイチャイチャ……いやちょっとまて、中園《なかぞの》の親父《おやじ》さんはうちの母さん直結だからダメだ。それにマジで編集しないと！　夜が本番だろ！

いや何の本番か分からないけど、夜のが何か特別な気がする。

中園《なかぞの》の親父《おやじ》さんはバーベキューの食材を出しながら、

「二階に屋根裏があって、そこに天体望遠鏡があるし入っても良いよ」

それを聞いた穂華《ほのか》さんが腕《うで》に日焼け止めを塗《ぬ》りながら目を輝《かがや》かせて、

「えっ、天体望遠鏡⁈　夜見たいです」

中園《なかぞの》は頭をかきながら少し遠くを見て、

「……あれここに置いてあったんだ。俺完璧《かんぺき》に扱《あつか》えるから夜な」

「ヒュー、中園先輩《なかぞのせんぱい》カッコいい――――！」

「とりあえず海行こうぜ。ミラクルアドベンチャー。崖《がけ》あり山あり」

平手《ひらて》は「俺、山得意」と静かに手を上げた。美術部なのに山得意なの少し意外だ。

穂華《ほのか》さんはサッと立ち上がり、

「めっちゃ行きたいです！　私ワンピースに着替《きが》えます！」

と部屋に入って行った。けもの道をワンピース？　まあいっか。

吉野《よしの》さんは「私は獣道《けものみち》を歩きたくないので料理のが良《い》いです」と静かに言った。

三人がワイワイと出ていき、吉野《よしの》さんは台所に向かったので、俺はリビングでノートパソコンを立ち上げてＷｉ－Ｆｉを借りた。少しでも進めよう。

まずは朝の新幹線口からだ。俺は素材を全部入れて編集をはじめた。

しかし雑音が酷《ひど》くて全然声が拾えてない。よく考えたら、今まで編集してきたのは室内がメインだった。最近依頼《いらい》されたメン地下の沖縄旅行の動画はここまで声がひどくない。きっと小さなマイクを使ってるんだ。今度メン地下の人たちに聞いてみよう。やればやるほど自分が何も知らないことを知らされる。

でもそれが不思議とイヤじゃなくて、ただただもっと上手《うま》くなりたいと思う。

台所をチラリと見たら、吉野《よしの》さんは無言でニンニクの皮をむいていた。

集中してる時に、横にいる吉野《よしの》さんも頑張《がんば》ってると、俺も頭が動く。静かなのにどこか繋《つな》がってる感覚が気持ち良い。

まずは全体を並べて使える所、使えない所を見極《みきわ》めて、内容を決めていく。集中して作業したらかなり形が見えてきたけど……、

「いてて」

気がついたら足が痺《しび》れていた。

いつもの環境《かんきょう》と違《ちが》うので、いつの間にか椅子《いす》の上で胡坐《あぐら》をかいていて、足全体が痺《しび》れて腰《こし》も痛くなっていた。いたたた……。俺はゆっくり足を崩《くず》して、そのままリビングにあるソファーに転がった。スマホを見ると結構な時間が経《た》っていて驚《おどろ》いた。編集してると時間があっという間に溶《と》ける。そこに中園《なかぞの》の親父《おやじ》さんが来て、

「ここじゃなくて職場のほうならもっと良《い》い椅子《いす》と机があるんだけど、ごめんね」

「いえいえ、全然大丈夫《だいじょうぶ》です」

俺は足首を回しながら言った。本音を言うとここまで編集する気はなかったわけで。

中園《なかぞの》の親父《おやじ》さんは俺にアイスティーを出して、

「……達也《たつや》は、どうだい？　学校で」

「あ、はい。めっちゃ元気です。プロゲーマーになったの知ってますか？」

「動画見てるよ。良《い》い時代だね、離《はな》れていても息子《むすこ》が元気にしてるか見られるんだ。騒《さわ》いでて

ね、まだまだ子どもだなって思って見てるよ」

「学校でもすげーモテてますし、俺も中園《なかぞの》と同じ高校で良かったなって思ってます」

「そうか。陽都《あきと》くんが同じ高校って聞いてね、本当に安心したんだよ。中学校の時から君と達《たつ》也《や》は仲が良かったからね、やっぱりそういう子がいてくれると親としても安心だよ」

そう言ってアイスティーを飲む中園《なかぞの》の親父《おやじ》さんの左手薬指が俺は気になった。

日焼けしているのだ。指輪の所だけ白くて、あとは焼けている。

中園《なかぞの》の親父《おやじ》さんはサーフィンを趣味《しゅみ》にしていて、ここに住んでいると聞いた。

俺は夜の街で働くミナミさんが言っていた言葉を思い出した。

「左手薬指、指輪抜《ぬ》いたみたいに日焼けしてる男は、見せたくない女の前でだけ指輪抜《ぬ》くの。だから見るとすぐに分かるんだから。他に家があるって」

中園《なかぞの》の親父《おやじ》さんが再婚《さいこん》したとは聞いてない。というか、再婚《さいこん》してたとしても、中園《なかぞの》が来たときだけ指輪抜《ぬ》く時点でどうなんだ？　別に堂々としてれば良いと思ってしまう俺は間違《まちが》ってるんだろうか。

俺は友達ってポジションなのに、その日焼けした指見ただけでウンザリした気分になり、アイスティーを飲んで中園《なかぞの》の親父《おやじ》さんを見た。

「俺たち、高校生で子どもですけど、やっぱりもう、子どもじゃないんです」

「……そうだね、分かってるよ」

「今日は一緒《いっしょ》に来られて良かったなと思います」

「そうだね、いつでも来るといい。達也《たつや》は俺が嫌《きら》いみたいだから」

と中園《なかぞの》の親父《おやじ》さんは笑った。

嫌《きら》いって……いや……なんかそういうことを俺に言うのもどうなんだろう。子どもじゃないって伝えてるのにな……とモヤモヤする。そこにトウモロコシを抱《かか》えた吉野《よしの》さんが来て、

「あの……私だけの経験で言うと、親を理由なく嫌《きら》う人っていないと思います」

「あ、ああ。そうかもな。いや、ごめん、余計なこと言ったね。さあ炭の準備をはじめよう」

そういって中園《なかぞの》の親父《おやじ》さんはデッキに出て行った。吉野《よしの》さんは俺のほうを見て両肩《りょうかた》を上げて「なんだろ」という顔をした。

そしてトウモロコシの生というか、頭の部分がふさふさした状態なのを俺にグイと渡《わた》し、

「中園《なかぞの》くんがここに来たくない理由なんかわかっちゃう。良《い》い親の顔して、言ってること結構ひどい」

「中学の時からあんな感じだったよ。なんか夜の街で働いてても思うけど、大人ってみんな大人じゃなくてびっくりするよな」

「わかる。大人ってみんなちゃんとしてるんだと勝手に思ってた」

「わかる……んで、これ、どうするの？」

俺は渡《わた》されたモフモフが付いてるトウモロコシを吉野《よしの》さんに見せた。吉野《よしの》さんは「これは

ね」と言い、外の皮をビリビリと取り始めた。おお……トウモロコシは最初からトウモロコシの状態でしか見たことがなかったので、こうするのかーと新鮮だ。外の皮をあと一枚の所まで残して、

「この状態でお湯で茹《ゆ》でるの。それで少し置いておくとあま――いトウモロコシになるのよ」

「吉野《よしの》さんはなんでそんなこと知ってるの？」

「お母さんに連れていかれたボランティアで、市民農園に行ってたの」

「市民農園？」

「農地がない所でも野菜を自分の手で作りたい人はたくさんいてね、市が土地を買い取って、そこをみんなに貸してるの。住宅街の空き地に結構あるのよ」

「へええ……気にして見たことなかった。そこで知ったの？」

「そう。教えてもらったの」

俺はトウモロコシの皮をべりべりと剝《む》きながら、

「吉野《よしの》さんはボランティア連れていかれて大変だけど、今役に立ったから、経験値使えたね」

「……うん。確かに。貯金使えたみたいな感じ？　茹《ゆ》でたトウモロコシを炭火で焼いて、醬《しょう》油《ゆ》たらすとすごくおいしいのよ。炭火の準備が終わったら、先に食べちゃいましょう」

「!!　食べたい、それ絶対おいしいよね」

「みんなの分も、はい、むきむき。編集は大丈夫《だいじょうぶ》？」

「粗《あら》編集終わったから、あとは夜で何とかなるかも」

俺がそういうと吉野《よしの》さんは俺にスススと身体《からだ》を近づけて耳元で、

「(夜はふたりでゆっくりしたいから、今頑張《がんば》って?)」

「編集するわ、秒でする、任せて、終わらせる」

「トウモロコシ、剝《む》いて茹《ゆ》でてくるね」

夜はふたりでゆっくり?!　……やべー……ちょっと待って。すげぇ楽しい。俺はマウスを握《にぎ》って画面をブンブン動かした。

さっき思ったんだけど、台所の横に鍵《かぎ》がかけられる扉《とびら》があって、その奥に作業テーブルあるんだよ。そこなら吉野《よしの》さんとこっそりふたりっきりになれるんじゃねって!

そのためには九割終わらせて残り一割残して「まだあるから」みたいな顔するのが良くね?

俺は集中して仕上げに入った。地上最強の集中の神が降臨してるのが分かるっ……!

「……よし。あとはテロップだけだ。これならあと一時間で終わる」

作業を終えて顔を上げたら、デッキのところに中園《なかぞの》の親父《おやじ》さんと吉野《よしの》さんがいた。

俺が顔を上げたのを見て、吉野《よしの》さんがフイフイと手を振《ふ》って呼んでくれる。

その姿を見て俺は唇《くちびる》をキュッと嚙《か》んだ。エプロン姿だ……。

トウモロコシを剝《む》いてた時は朝と同じTシャツにGパンだったのに、今見たら水色のクマさんの絵が描《か》いてあるエプロンをしている。

……すげー可愛《かわい》い。俺はパソコンをパタンと閉じてデッキに出た。

するると炭火の匂《にお》いとパチパチと焦《こ》げる音、そして同時に海の香りがした。

「海が近いんですね」

「そう。見えないだけですぐ横が海なんだよ。あんまり近いと塩害で家が傷むから、森に隠《かく》れてる場所にあるけどね。ほら、ここから少し見える」

「おー……本当ですね。でもあれですね、結構遠くに見えるから、かなり下りますか？」

「そうだね。わりと上って、下る。今達也《たつや》たちが行ってるのはあそこら辺の海だから」

「うーん……行かなくてよかったと思ってしまいます」

「陽都《あきと》くんは陸上部で体力があるだろう」

「まあ無駄使《むだづか》いはしたくないですね」

「はは、そうだな。それに先にトウモロコシを食べられる特典もある」

そういって中園《なかぞの》の親父《おやじ》さんはトウモロコシを炭火の上に置いた。

ジュジュ……と低い音を立てて網《あみ》の上にトウモロコシが転がった。うおおお、これだけでおいしそう。パチ、パチと高い音がして香《こう》ばしい匂《にお》いがしてきたら、トングでゴロンとトウモロコシを転がす。すると茶色にパリパリに焼けた面が出てきた。

「‼　すげー旨《うま》そう」

「ここに醤油《しょうゆ》を……塗《ぬ》っていいですか？」

「いいよ、これでどうぞ」

渡《わた》された刷毛《はけ》で焼けた面に醬油《しょうゆ》を塗《ぬ》るとジュジュジューと高い音を立てて雫《しずく》が炭火に落ちて、トウモロコシが艶々《つやつや》になった。吉野《よしの》さんは丁寧《ていねい》に上から下まで塗《ぬ》り、ひっくり返して反対側も綺麗《きれい》に焼いた。もう醬油《しょうゆ》の香《こう》ばしい匂《にお》いがすごい！

焼きあがったトウモロコシの一部をお皿に取り出して、吉野《よしの》さんは俺に渡《わた》してくれた。

「はい、一緒《いっしょ》に食べよう。お父様もどうぞ」

「おいしそうだ。先に食べちゃおうか」

「はい！」

俺たちは指先で持つのも熱いトウモロコシに貪《むさぼ》りついた。噛《か》んだ瞬間《しゅんかん》にじゅわっとトウモロコシの味がして、同時に焦《こ》げた醬油《しょうゆ》の香《こう》りが香ばしい。

「ん――、すごくおいしい！」

「いい感じに焼けてるね。火の状態も良さそうだ。ちょっとまって。ウエットティッシュ持ってくる。買ってきたんだ」

そういって中園《なかぞの》の親父《おやじ》さんは室内に入っていった。

吉野《よしの》さんは大きな口を開けてパクリとトウモロコシを食べて、

「パリパリでおいしいー！」

と笑顔《えがお》を見せた。すごく可愛《かわい》い。吉野《よしの》さんは醬油《しょうゆ》がついた指先を口に入れて、ペロリと舐《な》

めた。その動きにドキリとしてしまう。俺はポケットからハンカチを出して、

「これ良かったら……違《ちが》うわ、こっちじゃない」

「んふっ！　ちょっとまって、辻尾《つじお》くん、あははは！　これ、鰹節《かつおぶし》だよ、あははは！　もうちょっと、待って。なんでポケットに入ってるの？」

　ハンカチを入れていたのは左側で、右側のポケットには鰹節《かつおぶし》を入れていた。

　吉野《よしの》さんは目元を押さえながら、

「ひょっとして……前に言ったから？」

「中園《なかぞの》が、この建物のガレージに猫《ねこ》が住み着いてるって言ってたから、じゃあ持ってたら喜ぶかなと思ってこっそり持ってきたんだ」

「そうなんだ、猫《ねこ》ちゃん見たいな。見たいけど、もうダメ、ポケットから鰹節《かつおぶし》のパックが出てきたの面白《おもしろ》すぎるの。違《ちが》うの私が言ったんだけど、そんな本当に」

　そういって吉野《よしの》さんは涙《なみだ》を流して笑った。そんなに笑ってくれて嬉《うれ》しいけど、本当に中園《なかぞの》がそう言ったんだ。だから持ってきたんだけど。

「どうしたの？　何かあった？」

「あ、中園《なかぞの》の親父《おやじ》さん。ガレージに猫《ねこ》がいるって聞いたんですけど」

「近所のどこかで飼われてる猫《ねこ》なんだけど、なぜかうちのガレージにいるんだよね。飼われてる猫《ねこ》だから人に慣れてて可愛《かわい》いよ」

それを聞いて俺と吉野《よしの》さんは目を輝《かがや》かせた。いったん食べるのをやめて、中園《なかぞの》くんの親父《おやじ》さんに教えてもらった駐車場《ちゅうしゃじょう》の奥のほうにいく。

そこは奥まったガレージのような場所で、中園《なかぞの》の親父《おやじ》さんが乗っている車があり、その奥に古そうなバイクや自転車、そしてサーフィンに使う板が何枚も置いてあった。

柔《やわ》らかい風が吹《ふ》き抜《ぬ》けていく獣道《けものみち》の奥には小さく海が見える。

メンテナンス道具が入れてある棚《たな》の前に古びたソファーが置いてあり、その上にゴロンと猫《ねこ》が転がっていた。吉野《よしの》さんは目を輝《かがや》かせて、

「あっ、本当に居たっ！　猫《ねこ》ちゃん！　辻尾《つじお》くん猫《ねこ》ちゃん！　ほら鰹節《かつおぶし》の出番だよ！」

「おお……まさか本当に役に立つとは」

「この時のために持ってきたんでしょ？」

言われて鰹節《かつおぶし》を開けて吉野《よしの》さんの手に出すと、猫《ねこ》はトンと下りてきて吉野《よしの》さんの手をぺろぺろと舐《な》めて鰹節《かつおぶし》を食べた。吉野《よしの》さんは身をよじり、

「……んん、くすぐったい。やだすごく慣れてる。こんにちは、にゃんにゃ。おうちはここじゃないの？　どこがおうち？　私のこと怖《こわ》くない？　良かったぁ」

猫《ねこ》にまで気を使って話しかける吉野《よしの》さんが可愛《かわい》すぎる。

猫《ねこ》は鰹節《かつおぶし》を全部食べて「もうないなら行っていいですか？」と廃《はい》タイヤの向こうに歩いて行った。吉野《よしの》さんは膝《ひざ》を抱《かか》えた状態で俺のほうを見て、

「持ってきてくれてありがとう！　何より覚えてててくれて嬉《うれ》しかった」

その笑顔《えがお》は夕日に照らされてオレンジ色に丸く染められていた。薄暗《うすぐら》いガレージで、俺は片《かた》膝《ひざ》をついて吉野《よしの》さんに近づき頰《ほお》に触《ふ》れた。

小さな三角の海がキラキラとダイヤモンドみたいに光って見える夕方。吉野《よしの》さんはゆっくりと目を閉じた。

俺は吉野《よしの》さんの唇《くちびる》に優《やさ》しくキスをした。吉野《よしの》さんは俺の胸元《むなもと》の服をクッと甘く引き寄せた。

俺は誘《さそ》われるままに両膝をついて、吉野《よしの》さんの肩《かた》を持ってキスをした。

柔《やわ》らかく、甘い。

……にゃおん？

と声がして下を見ると、さっきの猫《ねこ》が俺たちをじっと見ていた。

吉野《よしの》さんは俺の胸元《むなもと》に隠《かく》れるようにしがみついて、ふにゃりと笑顔《えがお》になり、

「にゃんにゃにキスしてる所、見られちゃった」

と恥《は》ずかしそうに自分の唇《くちびる》に触《ふ》れた。あー……可愛《かわい》い。俺は吉野《よしの》さんをその場で抱《だ》きしめた。

吉野《よしの》さんは俺の肩《かた》に顎《あご》を乗せて「えへ、辻尾《つじお》くん大好き、ありがとう」とモゴモゴと話した。

駐車場《ちゆうしやじよう》から出てリビングに戻《もど》ると、玄関《げんかん》のほうから音がして三人が帰ってきた。

「んんー？　すっごく良《い》い香りがする、あっ、もう先にふたりが何か食べてるー！」

俺は指を舐《な》めながら「すげー旨《うま》い」と親指を立てた。

今度は俺が撮影《さつえい》係になり、トウモロコシを焼く穂華《ほのか》さんを撮影《さつえい》した。

「お待たせー！　お肉と野菜の準備もできたよ、バーベキュー始めようか」

そういって中園《なかぞの》の親父《おやじ》さんが両手に肉を持ってデッキにきた。

ガレージで見えていた夕日がデッキでも見えるようになり、海が夕日に染まりはじめている。

俺たちはおいしい肉を腹いっぱい食べて、大騒《おおさわ》ぎした。中園《なかぞの》は延々と俺に揚《あ》げニンニクを食べさせてきて、このあと吉野《よしの》さんとイチャイチャしたい俺は食べたくないと思ったが、肉に挟《はさ》んだらすげー旨《うま》くて結果山盛り食べてしまった。ブレスケアとか持ってないんだけど?!

見事な月が昇ってきてデッキで見ていたら、フルーツがたくさん入ったアイスティーが出てきた。飲んだらすごくおいしくて驚《おどろ》いた。なんだこれ？

そしてデザートとして出てきたアイスが濃《こ》くてすげー……。

実は今日アップする動画はもう九割できている。でも「まだ終わってない」と言って台所に引きこもり、片《かん》づけ《べき》をする吉野《よしの》さんとイチャイチャする。

俺のプランは完璧《かんぺき》だ。アイスを食べていたら穂華《ほのか》さんがスマホを持って叫《さけ》んだ。

「!!　二位に上がりました！　というか一位まであと少しです!!」

「うおおお、来たじゃん！」

中園《なかぞの》は口にスプーンを入れて叫《さけ》んだ。

二位の子たちは長く漫才《まんざい》をしていて、話すのがすごく上手でなかなか抜《ぬ》けなかった。でも俺たちは4BOXに紹介《しょうかい》されたのがかなりデカくて、今日の視聴者数《しちょうしゃ》が一位の新山《にいやま》を上回っている。

PVが多い新山《にいやま》に僅差《きんさ》で負けている状態だ。穂華《ほのか》さんは俺のほうに来て、

「辻尾《つじお》っち！　私は編集も、なんのお手伝いもできないのにこんなお願いするのは無謀《むぼう》だって分かってるけど、お願いしますっ!!」

そう言って俺の前で両手を合わせて拝むようにして、

「どうしても一位になりたいの。ここまで来られたのは奇跡《きせき》だと思ってる。だからお願い、明日の朝も上げられないですかね？　今日の夜に一本、明日の朝に一本」

「ううぇえ？」

予想外すぎる。最近は基本的に夜に一本しか上げてない。動物園の動画は家に帰ってからやればいいや～と思っていた。でも確かに新山《にいやま》に勝つためには、もう本数を増やすしかないのか？

穂華《ほのか》さんは俺をまっすぐに見て、

「もう勝つためにはそうするしかない気がします。よろしくお願いします！」

そう言って深々と頭を下げた。その姿勢はあまりに真《ま》っ直《す》ぐで。俺はとにかく吉野《よしの》さんとイチャイチャすることしか考えてなかったことを少し恥《は》じた。穂華《ほのか》さんにしてみたら一世一代のチャンスなのだろう。俺は渋々《しぶしぶ》頷《うなず》いた。

「お腹《なか》がいっぱいですげー眠《ねむ》い……秒で寝《ね》られる……」

「穂華《ほのか》ちゃんもなかなかすごい事言い出すね。旅先で二本はさすがにキツイんじゃない？」

「陽都《あきと》、こっちこっち、ここの露天風呂《ろてんぶろ》、ここから海が見えてマジでいいから」

食後、中園《なかぞの》の親父《おやじ》さんの運転で近くにある温泉施設《しせつ》にきた。

サウナや露天風呂《ろてんぶろ》がある広い施設《しせつ》で最高に気持ちが良《い》い。

温泉のお湯は少し海水が混じっているのか、潮の匂《にお》いがする。

崖《がけ》の隙間《すきま》みたいな所にある地元の銭湯のような場所らしく空いている。

俺たち三人は遠くのほうから聞こえてくる波の音を聞きながら露天風呂《ろてんぶろ》に浸《つ》かった。

せっかく終わってないふりして九割終わらせておいたのに、ここから動物園のやつも編集するとなると、三時間は余裕《よゆう》でかかる。

俺の完璧《かんぺき》なプランが……いや！　俺は湯から出て髪《かみ》の毛《け》をガシガシ洗った。まだ八時だ。

中園《なかぞの》は配信しながらみんなでゲームしたいって言ってたし、その間にガシガシ編集すればみんながゲーム終わるころに俺も編集終わらせられるはず、いや終わらせる！

それに穂華《ほのか》さんが言う通りなんだ。本戦まであと一週間。このタイミングで一位取れなかったらもう無理だ。間違《まちが》いなく複数上げて取りに行ったほうがいい。

ここが合宿先じゃなくて、この後吉野《よしの》さんに誘《さそ》われてなかったら、余裕《よゆう》でやるところだよ。

　でもさあああ合宿中じゃんん？　俺は頭からシャワーを浴びながら項垂《うなだ》れた。

「陽都《あきと》見てみて！　大盛《おおも》り泡《あわ》。ミラクルテンパー、大爆発《ばくはつ》」

「……お前は何をしてるんだ」

「最高の泡立《あわだ》ちって書いてあったから買ってみたら、マジすごい。盛《も》り盛《も》りだわ」

「なんかすげー雑草みたいな匂《にお》いがするんだけど」

「ハーブだって」

「くせぇ!!」

　俺たちは中園《なかぞの》が持ってきたシャンプーで泡《あわ》だらけにして洗って遊んだ。

　中園《なかぞの》は横で頭を流しながら、

「親父《おやじ》が迷惑《めいわく》かけてねぇ？」

「いや。吉野《よしの》さんと『言ってることと、やってることのギャップが酷《ひど》い』って話してた」

「あははは！　……うん、まあ、その通りだわ。ほんとそう」

　俺の横で身体《からだ》を洗っていた平手《ひらて》は、

「仲を深めたいんだっていう割に、食事もほとんど一緒《いっしょ》にしなかったし、お風呂《ふろ》も入ってこないんだね」

「ほんそれ。まあ入って来られても困るけどさ。ほんと自分勝手で腹が立つ。だから皆《みんな》が来てくれてマジ助かった。俺アイツだけは永遠にわかんねーから」

「わからんでもない」

俺たちは「全身雑草くせぇ」と笑いながら再び風呂《ふろ》に浸《つ》かった。

離婚《りこん》した子どもが何歳《なんさい》まで親に会わなきゃいけないのかとか全然知らないけど、年に一回な

ら何度でも付き合う。

コーヒー牛乳を飲んで、待ち合わせの部屋で女子を待っていると、

「やっほー、どう？　可愛《かわい》くない？」

そういって女湯から出てきたのは、上と下がツナギになっている動物のキャラクターになりきれるパジャマを来た穂華《ほのか》さんだった。フードも付いていて、そこにはクマの耳が見えた。

平手《ひらて》は、

「うん。アイドルって感じだ」

「じゃあ温泉の前で写真撮《と》って！　アップしたいの」

「了解《りょうかい》」

そう言って写真を撮《と》り始めた。そんなことより……俺は吉野《よしの》さんをちらりと見た。

お風呂上《ふろあ》がりの吉野《よしの》さんはいつも通りゆるく髪《かみ》の毛《け》を三つ編みに縛《しば》っていて、まだ少ししっとりしている髪《かみ》の毛《け》がすごくいい。ピンクのストライプのパジャマの上にスウェットを着ている。でも温泉上がりで頬《ほお》が赤くなっていて、すげー色っぽい。

グロスだけ簡単に塗《ぬ》ったのか、唇《くちびる》がつやつやしてるのもすごくいい、家の風呂《ふろ》から出てきて

『素』みたいな感じがすごくいい。俺をみつけて近付いてきて、

「露天風呂《ろてんぶろ》良かったね」

と微笑《ほほえ》んだ。近付くと甘い香りがして、化粧水《けしょうすい》を塗《ぬ》ったばかりの肌《はだ》もメチャクチャ可愛《かわい》くて、膝《ひざ》をついて神に感謝するところだった、あぶねぇ……。なんとか意識を保って、

「……うん、すごく良かったね」

と答えた。本当に温泉上がりの吉野《よしの》さんは最高に良《い》い。いやほんと、先にパジャマの写真送ってくれて良かった。ここで穂華《ほのか》さんとお揃《そろ》いで可愛《かわい》いパジャマとか、もう絶対ダメ。何があっても許せない。というか、このいつも通りの吉野《よしの》さんが俺は何より好きだ。

そして中園《なかぞの》の親父《おやじ》さんが運転する車に乗り込んだ。

俺が座ると、横の席に吉野《よしの》さんが座ってきた。近付くだけでふわりと甘い香りがする。うわ……ちょっと、もうだいぶキツいな。そう思った俺の右腕《みぎうで》に、吉野《よしの》さんの左腕《ひだりうで》が触《ふ》れた。

それは今まで触《ふ》れた腕《うで》の中で、一番柔《やわ》らかくて温かくて。

それだけで心臓がバクバクと苦しくなってきたのに、真っ暗な車内のなかで俺の右手を、柔《やわ》らかくなった手でこっそりと握《にぎ》ってきた。

その手はお湯の中みたいにふんわりと柔《やわ》らかくて温かくて、それでいて表面だけ冷たくて。

ドキドキして心臓が痛い。

早く戻《もど》って恐《おそ》るべき速度で編集を終わらせて、吉野《よしの》さんとイチャイチャする！　俺は固く心に決めた。

第14話　夜の甘さ

「ドロフォーからの、黄色」

「中園先輩《なかぞのせんぱい》、それは鬼《おに》ってやつですよ！」

「どうしてここまで引きが強いんだろうね、さすがだよ」

温泉から戻《もど》ってきて二時間。

みんなでリビングに集まってカードゲームやスマホゲームをして遊んでいる。

主な参加者は中園《なかぞの》くんと平手《ひらて》くんと穂華《ほのか》。

私は中園《なかぞの》くんのスマホを渡《わた》されて、それを撮影《さつえい》、配信している。

「ただ俺を撮《と》ってればいいから」と言われて映してるけど、同時視聴者《しちょうしゃ》数がどんどん増えて
さっき五百人を超《こ》えた。コメントがすごい速度で流れて、全然読めない、すごい。

中園《なかぞの》くんは女の子に人気があり、穂華《ほのか》しかいないと見えると嫉妬《しっと》されるので、平手《ひらて》くんが手
だけ映って参加しているけど全く勝負にならない。

さすがゲームの中園《なかぞの》くん……すべてのゲームに鬼《おに》のように強いのね。

平手《ひらて》くんは残ったカードを机に放り投げた。

「中園《なかぞの》くん五勝で終了《しゅうりょう》」

「もうゲームやめたぁ。中園先輩《なかぞのせんぱい》に勝てないです！」

「じゃあ今日の突発《とつぱつ》配信もここまでかな。まったねー」

そう言って中園《なかぞの》くんは私からスマホを受け取り、配信を切った。

私も配信は何度か見たことあるけど、配信ってしている側からだとこんな感じなのね。新鮮《しんせん》だわ。穂華《ほのか》は中園《なかぞの》くんに近付いて目を輝《かがや》かせた。

「中園先輩《なかぞのせんぱい》、屋根裏の天体望遠鏡、気になります！」

「おお、いいよ。木星がまじで木星に見える。なんとびっくり……木星なんだよ」

「……そのままじゃん」

「そう言うなよ平手《ひらて》。宇宙はいいぞ、自分のちっぽけさが分かって。陽都《あきと》は？」

「編集してくれてます。無茶言ってるのは私も分かってるんですけど、もう最後のチャンスだってことも分かってるんで……。私にできるのは邪魔《じやま》しないことだけっス」

穂華《ほのか》は真剣《しんけん》な表情で呟《つぶや》いた。それほどＪＫコンをチャンスだと思っているのだろう。中園《なかぞの》くんと平手《ひらて》くんの腕《うで》を引っ張り、

「ささ二階行きましょう！」

そういって屋根裏部屋に続く階段を上っていった。

辻尾《つじお》くんは台所横の作業テーブルで編集中のはず。これはチャンス！

私はテーブルに置きっぱなしになっていたコップやお菓子《かし》をお盆《ぼん》に載《の》せて台所に向かった。

「辻尾《つじお》くん、おつかれさま。みんな天体望遠鏡を覗《のぞ》きに行ったわ」

「吉野《よしの》さんもおつかれさま。あ、コップ洗おうか」

「ううん、私がするよ。辻尾《つじお》くんは編集終わりそう？」

「昼間のうちに作っておいたから、一本はアップできた。明日の朝用のは今やってるんだけど……中園《なかぞの》が害悪すぎて。平手《ひらて》はすげー上手に撮《と》ってくれてるのに、毎回中園《なかぞの》が飛びついて画面ガタガタ揺《ゆ》れてる。あ、ほらこれも」

編集画面をのぞき込むと、穂華《ほのか》が蛇《へび》を楽しそうに見ている。すると画面がガタガタッと揺《ゆ》れて中園《なかぞの》くんの「白い蛇《へび》ああああ目が赤いいいい」と叫《さけ》び声《ごえ》が入ってくる。辻尾《つじお》くんは苦笑《くしょう》して、

「中園《なかぞの》、蛇《へび》苦手なんじゃねーの？」

「辻尾《つじお》くんがカメさん楽しみにしてたから苦手だって言わなかったのかも」

「そうかもな。でもカメの所でも、すげー騒《さわ》いでて音が割れてて使えないんだよ。はしゃぎすぎなんだよ、マジで。穂華《ほのか》さんの声が聞こえない。あーあー……」

カメパートでは、穂華《ほのか》が可愛《かわい》く餌《えさ》をあげようとしているのに、横でカメの周りをぐるぐる移動して騒《さわ》いでいる中園《なかぞの》くんが映ってる。

それに平手《ひらて》くんが「すごく邪魔《じゃま》」と冷静につっこみを入れていて笑ってしまう。

辻尾《つじお》くんは編集しながら「これは音が割れてる。中園《なかぞの》が邪魔《じゃま》すぎる……これはもうこのまま行くか、大胆《だいたん》に切るか……いやもう使っちまえ」とブツブツ言っている。

……私はお茶碗《ちゃわん》を洗って……横に立ってみる。

穂華《ほのか》の真剣《しんけん》さも分かるし、邪魔《じゃま》しちゃいけないのも分かる。でもやっぱり私はこうして辻尾《つじお》くんとふたりになれる時間をすごく楽しみにしていて、みんな屋根裏に行ったよと伝えたんだけど……。私は辻尾《つじお》くんがマウスを握《にぎ》っている手にちょんと触《ふ》れた。

「……今、ふたりっきりだよ……？」

「‼ みんな屋根裏⁈ ごめん集中してた‼」

そう言ってすぐに立ち上がり、台所の扉《とびら》をカチャンと閉めた。

そして椅子《いす》に戻《もど》ってきて、横の席をトントンと叩《たた》いた。

「扉《とびら》があることに気がついたから、ここで作業してたんだよ、忘れてた」

「そうだったの」

さっきまで真面目な表情で作業していたのに、ウキウキしていて笑ってしまう。

でも私もずっとずっと辻尾《つじお》くんに触《ふ》れたかった。

辻尾《つじお》くんは私を横に座らせた。そしてゆっくりと背中に手を回して抱《だ》き寄せてくれた。

ふわりと辻尾《つじお》くんの香りと体温に包まれた。

……ああ、ものすごく落ち着く。

実は三連休の初日の今日はボランティアがあったんだけど、合宿があるから行けない。そのことをお母さんにチクチクと言われた。だから昨日は夜遅《よるおそ》くまで支援《しえん》者の方に送る手紙を書くのを手伝っていた。何もせずに行くのは悪い気がして夜中まで書いた。

楽しい合宿なのに、悪いことをしてる気がして、中園《なかぞの》くんのお父さんにもチクリと言い返してしまった。お母さんを嫌《きら》いになりたくない、でも最近は本当にイヤになってしまう。

そんな自分が間違《まちが》ってる気がして、心がチクチクしてたけど、辻尾《つじお》くんが持っていた鰹節《かつおぶし》を見たら、もうどうでも良くなってしまった。

あんな小さなことちゃんと覚えていてくれる人がここにいる。私はここにくれば抱《だ》きしめてもらえる。そう思うだけで、すごく安心できる。

辻尾《つじお》くんに抱《だ》きつくときは、いつもたくさん服を着ている。

制服だったり、上着だったり。

でも今日はお互《たが》いにパジャマ姿で、それにお風呂《ふろ》上がりだから柔《やわ》らかくて、まあるい清潔な匂《にお》いがする。

ピカピカで新しい……温かい生まれたての毛布にくるまってるみたい。

気持ち良くて首の下に頭をぐいぐいと入れてしがみついて、手を辻尾《つじお》くんの背中に回す。

辻尾《つじお》くんは細そうに見えるけど、抱《だ》きついてみると分かる……身体《からだ》がすごく男の子なの。

しっかりしてて筋肉があってね、細すぎなくて辻尾《つじお》くんのカタチ、すごく好き。

足の間に挟《はさ》まれるみたいな感じで私を包み込んで抱《だ》きしめてくれる。

前からも、横からも、背中に回した手からも、私が大切だって伝えてくれてるのが分かる。

全部私を隠《かく》しちゃうくらい大切そうに、辻尾《つじお》くんのなかに取り込まれちゃいそうなほど強く、それでいて甘く。

大きな手が背中を撫《な》でてくれるの……すごく気持ちが良《い》い。

その手が私の頭に移動して髪《かみ》の毛《け》に触《ふ》れた。

「……すげー良《い》い香り。シャンプー、これがいつも使ってるやつ？」

「うん。なんかね、色々買ってね、これにしようかな、あれにしようかなって思ったの。でもいつもの匂《にお》いを、いつもの私を辻尾《つじお》くんに知って欲しくて」

「……そうなんだ。これがいつも使ってるシャンプーなんだ。バイト終わりとかにしか抱《だ》きしめたことないからさ」

「これがいつもの香り。いつも家でこのシャンプーで洗って、お布団《ふとん》で寝《ね》てるの。辻尾《つじお》くんと電話でお話ししてるときも、ずっとこの匂《にお》いだよ。全部ね、全部いつものままの私を知ってほしいって思ったの。だから普通《ふつう》の私を全部ここに持って来たの」

「うん……これから電話するたびに……この匂《にお》い思い出す……」

そう言って辻尾《つじお》くんは私から少しだけ身体《からだ》を離《はな》した。

そして私の三つ編みに触《ふ》れた。

「前から言いたかったんだけど、三つ編み可愛《かわい》い」

「髪《かみ》の毛《け》の量が多くてね、ひとつに縛《しば》ると太くなっちゃうの。髪《かみ》の毛《け》もちょっと太くて」

「……すごく柔《やわ》らかくて、さわり心地《ごこち》が良《い》い髪《かみ》だと思うけど」

「そうかな」

「もっと髪《かみ》の毛《け》に触《さわ》りたい。解《ほど》いても良い？」

「……いいよ」

私がそういうと、辻尾《つじお》くんは優《やさ》しく私の三つ編みに触《ふ》れた。そして毛先のゴムを外して、手櫛《てぐし》でほどいていく。下のほうからゆっくり、ゆっくり、解きほぐすように。

その手が私の耳の下まで来て、ゆっくりと頬《ほお》に触《ふ》れた。温かくて大きな掌《てのひら》。

目の前には私をまっすぐに見る辻尾《つじお》くんがいた。その表情はどうしようもなく私を好きだって分かる強さで。

まっすぐに見る辻尾《つじお》くんの真っ黒な瞳《ひとみ》に捕《と》らえられて息が苦しい。

そしてゆっくりと瞳《ひとみ》が閉じて、近付いてくる。

引力に引き寄せられるように、私も目を閉じる。

そして辻尾《つじお》くんの唇《くちびる》が、私の唇《くちびる》に優《やさ》しくふれて優《やさ》しく濡《ぬ》らされた。

二度、三度。

優《やさ》しく甘く、何度も。

辻尾《つじお》くんは少し顔を離《はな》して、

「……髪《かみ》の毛《け》ほどいた吉野《よしの》さん、すごく可愛《かわい》い」

「うれしい」

今度は私から辻尾《つじお》くんの唇《くちびる》にキスをした。

私の頬《ほお》を包む辻尾《つじお》くんの手が髪《かみ》の毛《け》から中に入ってきて、どんどん引き寄せられる。

背中に回した手が私を引き寄せて、逃《に》げ場《ば》なく抱《だ》き寄せられる。

身体《からだ》を持ち上げられて、そのまま身動き取れないまま、何度も何度も唇《くちびる》を奪《うば》われる。

私の耳元にあった辻尾《つじお》くんの手。その指が、私の耳に入ってきた。その快感に思わず喘《あえ》ぐ。

「……ふ」

「吉野《よしの》さん、好き。ずっとキスしたかった。こういう風に、ゆっくり、たくさん」

「して？」

私がパジャマの袖《そで》をツンと引っ張ると、辻尾《つじお》くんが抱《だ》きついてきた。

そして私の首の横で小刻みに頭を横に振《ふ》る。

「ダメだよ、絶対ダメ、俺以外にそんなこと言ったら、絶対ダメ」

「……言わないよ。だって、してほしいのは辻尾《つじお》くんにだけだもん。全部辻尾《つじお》くんだけ」

そう言うと辻尾《つじお》くんは目を細めて微笑《ほほえ》み、再び私にキスをしてきた。

私の顎《あご》を持って、少しだけ口を開かせる。そのままゆっくりと舌で私の中に触《ふ》れてきた。

親指は耳を撫《な》でて、そのまま首筋へ移動する。するすると撫《な》でるように、私のカタチを確認《かくにん》するように。ぞくぞくして気持ちよくて身体《からだ》の力が抜《ぬ》けてしまう。

……ダメ。

私の中に触《ふ》れていた唇《くちびる》が離《はな》れて、そのまま耳に移動する。

チュと軽い音を立てて私の耳にキスをした。私は肩《かた》を持ち上げて耳を少し隠《かく》す。

「……耳はダメって言ったのに」

「して、って言ったから」

「耳は……、ん」

開いた唇《くちびる》を再び塞《ふさ》がれて、喘《あえ》ぐ。

……どうしよう、ものすごく気持ちが良《い》い。

もっと、もっとがいいの。

第15話　吉野さんに触れる夜

吉野《よしの》さんの甘い香りに包まれて、俺はクラクラしはじめていた。

吉野《よしの》さんの唇《くちびる》は細くて柔《やわ》らかくて、甘い。

その唇《くちびる》に唇《くちびる》で触《ふ》れているだけで、身体《からだ》が溶《と》けてしまいそうになる。

キスをしていると、吉野《よしの》さんが俺の頭を抱《かか》えるように抱《だ》き寄せてくる。

その引力に俺は抗《あらが》えない、堕《お》ちていく。

熱い俺の身体《からだ》と、柔《やわ》らかい吉野《よしの》さんの身体《からだ》が溶《と》けてひとつになっていく。

はじめて舌で触《ふ》れた吉野《よしの》さんの中を、かき回したくて衝動《しょうどう》が止められない。

……けど、これ、絶対にやばいっ……!!

俺は磁石のようにくっついてしまいそうな身体《からだ》を無理矢理引《ひ》き剝《は》がして吉野《よしの》さんから離《はな》れた。

……やばい、本当にヤバイ。こうして理性が吹《ふ》っ飛《と》んでヤベー行動に出るんだな、わかる、わかるぞ。だめな男の思想がはじめてわかった!!

「……死ぬ」

首をぶんぶんと左右に振《ふ》って思わず呟《つぶや》くと、吉野《よしの》さんが小さく腕《うで》を広げたまま首をコテンとさせた。

「もうおしまい？」

「?!　吉野《よしの》さん……ダメだっ……もう俺は俺が何をするのかわからないっ！　死ぬっ！」

もうおしまい？　じゃない。

これ以上キスを続けたら理性がすべて吹《ふ》っ飛《と》んで絶対ヤベーことになる。

吉野《よしの》さんは椅子《いす》から立ち上がって、穿《は》いていたスエットのウエスト部分を握《にぎ》った。

そして俺のほうをいたずらっ子のような表情で見る。

「?!?!　吉野《よしの》さん?!?!」

俺が言うと、吉野《よしの》さんはスエットのウエスト部分を掴《つか》んで、長ズボンをするすると下ろし始めた。

えええええ?!?!?!

あまりのことに目を閉じたいけど、見たい欲には抗《あらが》えずじっと見てしまう。

吉野《よしの》さんが長ズボンのスエットを脱《ぬ》ぐと、下からモコモコしたショートパンツのパジャマが出てきた。

「じゃーん。えへへ。やっぱり見せたくてこれだけ持って来たの。それでね、温泉出た時に中に穿《は》いたんだよ。どうかな？」

モコモコの薄《うす》いピンク色のショーパンから吉野《よしの》さんの長くて細い足がすらりと伸《の》びている。

「もしね、チャンスがあったら見せたいっ！　て思って中に穿《は》いてたんだよー。中でモコモコしてて変な感じだったけど、見せられて良かった。えへへへ」

そう言ってモコモコショートパンツの裾《すそ》を少しだけ広げた。

あああああパンツが出てくると思って妄想《もうそう》してごめんなさい……でもそうだったらぶっ倒《たお》れてた……ていうか、俺に見せたくて下にずっと穿《は》いてたなんて……めちゃくちゃ可愛《かわい》い、もうこんなのどうしよう。

せっかくだからゆっくりとモコモコショーパンの吉野《よしの》さんを見る。

ピンクでモコモコしていて、薄《うす》い水色のラインが入っていて、腰紐《こしひも》の所に星形のマークが付いていていて、キラキラと光っている。

なにより吉野《よしの》さんの足は細いだけじゃなくて、太ももが少し太めで、そこが最高に良《い》い。

白くて丸めの吉野《よしの》さんの太ももが、ショートパンツから出ていて……。

「可愛《かわい》い？」

「……最高です、ありがとうございます……」

俺は何度も頷《うなず》いて言った。

吉野《よしの》さんはもう一度椅子《いす》に座り、

「ん」

と両腕《りょううで》を広げた。

椅子《いす》に座ったことで更《さら》に短くなったショーパンと広がった太もも、丸くて小さな膝《ひざ》。

俺は顔を両手で隠《かく》して悶《もだ》える。

「くっ……くぅう……」

「抱《だ》っこ」

モコモコショートパンツで抱《だ》っこをねだる吉野《よしの》さんを前に、その要求を断れる男がいるだろうか、いや居ない。

俺は吸い込まれるように吉野《よしの》さんを抱《だ》き寄せた。

「えへへ」

吉野《よしの》さんは椅子《いす》の上に足を乗せて膝《ひざ》を折り、両膝《りょうひざ》で俺の身体《からだ》を挟《はさ》んだ。

俺の身体《からだ》の左右にある吉野《よしの》さんのムチムチとした太ももと、丸くて可愛《かわい》い膝《ひざ》と細い膝下《ひざした》、そしてモコモコショートパンツ、そして目の前には艶々《つやつや》した唇《くちびる》でいたずらっ子のような目で俺をみる吉野《よしの》さん。心臓がバクバクして触《ふ》れている所から吉野《よしの》さんに伝わってしまいそうで、息が苦しい。

そして吉野《よしの》さんは薄《うす》く目を閉じた。

俺は吸い寄せられるように吉野《よしの》さんの唇《くちびる》にキスをした。

軽く触《ふ》れるように甘く優《やさ》しく確かめるように、そのたびに吉野《よしの》さんの足が俺の身体《からだ》をキュッと強く挟《はさ》んでくる。

俺が吉野《よしの》さんの中を舐《な》めると、ピクンと強く足で俺を挟《はさ》んでくる。

その反応が楽しくて何度も吉野《よしの》さんにキスをする。

吉野《よしの》さんは、
吉野《よしの》さんは俺の腕《うで》を掴《つか》んで、ゆっくりと自分の太ももの方に誘導《ゆうどう》した。

「……ふ」

と吐息《といき》して俺から少しだけ顔を離《はな》して、

「触《さわ》ってもいいよ？」

とコテンと首を横に倒《たお》した。

戸惑《とまど》いながらも吉野《よしの》さんの太ももに掌《てのひら》全体で触《ふ》れると、雪みたいに柔《やわ》らかくて温かい。

指を動かすと、

「……ん」

と吉野《よしの》さんが目を細めて俺を見た。そして細い唇《くちびる》が開いて艶《つや》やかに光る舌が見えた。

っ……、もう本当に、これ以上は理性が完全に崩壊《ほうかい》する!!

俺は吉野《よしの》さんから離《はな》れてテーブルにバスンと頭をぶつけた。

するとテーブルの上の籠《かご》に入ってたリンゴがゴチンと落ちてコロコロと転がり俺の頭にコツンと当たった。

「……辻尾《つじお》くん……？　大丈夫《だいじょうぶ》？」

「もうダメだ、人生のクリエーションが破壊《はかい》された……」

俺は言葉を絞《しぼ》り出《だ》した。

なんかすげー吉野《よしの》さんとキスしたいとか、触《ふ》れたいとか、色々思ってたけど、吉野《よしの》さんの俺を挟《はさ》む足がピクピクしてたのとか、吉野《よしの》さんが吐《は》いていた息《いき》とか、もう全部俺のエロ妄想《もうそう》を軽くこえていた。

当分どんなエロ動画みても、このことしか思い出せそうにない。

終了《しゅうりょう》────!!

俺がテーブルに転がっていると吉野《よしの》さんが横にちょこんと膝《ひざ》を抱《かか》えて座り、

「……どういうこと？」

と微笑《ほほえ》んだ。俺はテーブルに倒《たお》れ込んだまま、

「頭の中が吉野《よしの》さんでいっぱいで、何も考えられない……」

「私も、自分からしたのに思ったより、ドキドキしちゃったよ。でもモコモコショートパンツ見せられて良かったあ」

と無邪気《むじゃき》に笑顔《えがお》を見せた。そんな……俺は当分立ち上がれそうにないのに……。

吉野《よしの》さんは冷蔵庫にあった牛乳を電子レンジで温めてホットミルクを作ってくれた。残ってたチョコもマシュマロも乗せて甘くしてくれた頃《ころ》には俺も落ち着いて、それを一緒《いっしょ》に飲んだ。

外からは静かな波音が聞こえて、横に座っている吉野《よしの》さんはたまに俺の頬《ほお》にキスしてくれて、幸せで首筋に頭を埋《うず》めた。

こんな状態で何かできるはずもなく、俺たちはリビングに戻《もど》り眠《ねむ》ることにした。

すると丁度屋根裏から三人が下りてきた。

「紗良《さら》っちー！　屋根裏すごかったよ！　完全に秘密基地！」

中園《なかぞの》はあくびをしながら、

「編集おわったん？」

「……あらかた。明日の朝とりあえず上げるのは作った」

穂華《ほのか》さんは目を輝《かがや》かせて、

「辻尾《つじお》っち天才！　本当にありがとうございます！」

平手《ひらて》は苦笑《くしょう》して、

「天体望遠鏡、中園《なかぞの》くん全然扱《あつか》えないんだ。すごく良《い》いものだと思うけど」

「昔すぎて忘れちゃった」

「昔はできてたの？　本当に？」

穂華《ほのか》さんと吉野《よしの》さんは女子の部屋に入り、俺たち三人も部屋に戻《もど》った。

ああ、すごく楽しかった。台所でショートパンツになった吉野《よしの》さん……ものすごく可愛《かわい》かったし、なによりもう……キスが。

余韻《よいん》に浸《ひた》りたくて布団《ふとん》に飛び込むと、俺の布団《ふとん》に中園《なかぞの》が入ってきた。

「陽都《あきと》と遊びたりない」

「は？　十二時!!　二十四時!!　子どもはねんねの時間！」

「陽都《あきと》と寝《ね》る」

「やめろおおおきめえええええ!!」

吉野《よしの》さんとのことを思い出してニヤニヤしたかったのに、中園《なかぞの》が俺の布団《ふとん》でテトリスをはじめてしまった。平手《ひらて》も参加してワイワイと騒《さわ》ぐ。余韻《よいん》に浸《ひた》りたかったのに……あああ。

「おっはようございまぁす！　このパン、中園《なかぞの》くんのお父さんが朝買ってきてくれたんですけど、超《ちょう》おいしいです！」

「おはよう穂華《ほのか》さん……」

「眠《ねむ》そうですね?!　あの後すぐに寝《ね》たんじゃないんですか？　ん。ヨーグルトも美味《おい》しい～」

穂華《ほのか》さんはハイテンションで朝食を食べているが、男三人は完全に寝不足《ねぶそく》。

テトリスが終わって寝《ね》ようとしたら、中園《なかぞの》が怪談《かいだん》をはじめて最悪だった。

その怪談《かいだん》は普通《ふつう》の怪談《かいだん》じゃない。今まで出会ったなかで一番怖《こわ》かった女怪談《かいだん》。

「イベントでもらった荷物開いたら女の顔写真入りケーキだった」とか「DM来たから開いたらエロ動画で、私の胸を見たから付き合えって強要された」とか、どいつもこいつもマジで怪《かい》談《だん》な上に面白《おもしろ》すぎる。どうしてそんな女にばかりモテるのか意味不明だ。

三時くらいに話し飽《あ》きた中園《なかぞの》は俺の布団《ふとん》で勝手に眠《ねむ》り、俺と平手《ひらて》が取り残された。

でも平手《ひらて》もすぐに眠《ねむ》り、俺は仕方なく呆然《ぼうぜん》と朝日を見ていたら、いつの間にか寝《ね》ていた。

どう思い出しても、

「……地獄《じごく》」

「陽都《あきと》はよー！　いやあ、面白《おもしろ》かっただろ、俺の怪談《かいだん》」

「やめろ、朝から思い出させるな。普通《ふつう》の怪談《かいだん》のがまだマシだ、面白《おもしろ》すぎるだろ」

ワイワイと朝ご飯を食べていると、吉野《よしの》さんが来た。

「おはよう辻尾《つじお》くん、オレンジジュース飲む？」

「おはよう吉野《よしの》さん」

一緒《いっしょ》に台所に向かいオレンジジュースを出していたら、吉野《よしの》さんは穿《は》いていたスエットの腰《こし》に少しふれて中からモコモコショートパンツを少しだけ見せた。

そしてにこりと本当に嬉《うれ》しそうに目を細めた。

俺は昨日のことを思い出して手に持っていたコップを落としそうになって慌《あわ》てて力を入れた。

吉野《よしの》さんの破壊《はかい》力半端《はんぱ》じゃない……。

俺たちは庭でバドミントンして（俺の完全優勝）少し撮影《さつえい》をして家に帰ることにした。

結局中園《なかぞの》と中園《なかぞの》の親父《おやじ》さんが話してる時間は一分もなかった気がする。

それに中園《なかぞの》の親父《おやじ》さん、昨日は外していた指輪を今日はしていた。

……よく分からない。

でもなんだかやっぱりそれを俺は好きにはなれなくて、中園《なかぞの》がまた来なきゃいけないなら、一緒《いっしょ》に来ようと思った。

そして俺が朝上げた動画は全く編集が間に合わず、中園《なかぞの》が蛇《へび》から逃《に》げて、蛇《へび》で絶叫《ぜっきょう》して、ワニから逃《に》げてリクガメに興奮する予告編にした。

当然穂華《ほのか》さんと中園《なかぞの》に新幹線の中でキレられたけど、もう疲《つか》れた、俺は疲《つか》れたんだ、無理無理。間に合うはずないだろ。少しは余韻《よいん》に浸《ひた》らせてくれ……。

第16話　それは違うと思う

「ふぉおお……！　紗良《さら》っち、見た?!　一位確定で最終審査《しんさ》出場決定ですっ!!」

合宿から帰ってきた月曜日。

登校していたら、後ろから飛びつかれた。

振《ふ》り向《む》くと大興奮した穂華《ほのか》で、スマホ画面を私に見せてジャンプしている。

画面にはＪＫコンのＷＥＢ審査《しんさ》が載《の》っていて青春ＪＫ部門で穂華《ほのか》が一位通過していた。

「やったわね」

「嬉《うれ》しいよおお、最終審査《しんさ》にいけるー！　最初は絶対無理だと思ってたのにー！」

穂華《ほのか》が道でジャンプすると、左右の知らない子たちが「動画見たよ」「４ＢＯＸ見たよ」と声をかけてきてくれた。穂華《ほのか》は「ありがとうございます！　ありがとうございます！」と頭を下げた。そして私の腕《うで》にしがみついて、

「最近全然知らない子に突然《とつぜん》話しかけられることが増えてきて！　もうファンですとか言ってくれるんです！」

「それは嬉《うれ》しいわね」

「そうなんですー。でも同じくらい『中園《なかぞの》くんの蛇《へび》動画最高』って言われます……」

「ああ……あれはもう……仕方がないわね、公式にも拾われちゃったんでしょ？」

「そうなんです、何なんですか、あの人〜〜〜！」

穂華《ほのか》は悔《くや》しそうに地団駄《じだんだ》を踏《ふ》んだ。

中園《なかぞの》くんの蛇《へび》動画は、所属するゲームのチームが見つけてツイート、そのまま再生数が伸《の》びていた。辻尾《つじお》くんはヤバイと思ったのか、帰って来てすぐに穂華《ほのか》がメインの動画をUPしたけど時すでに遅《おそ》し……。かなり拡散されてしまった。

合宿ですごく疲《つか》れていたように見えるけど、帰ってすぐに動物園編をアップするなんて、辻《つじ》尾《お》くん、すごい。

でも本当に合宿楽しかった。こっそり持って行ったショーパンも見せられて良かった！　タイミングが合わなかったら、なんだかすごく悲しくなった気がするもん。

「おはよ、見た？」

そう言って後ろから声をかけてきたのは平手《ひらて》くんだった。

穂華《ほのか》はくるりと振《ふ》り向いて笑顔《えがお》を見せて、

「平手先輩《ひらてせんぱい》っ‼　一位確定しましたよお、本当にありがとうございます！　平手先輩《ひらてせんぱい》のおかげですっ‼」

「それは良かったなあと思うんだけどさ。新山《にいやま》こころ、誹謗《ひぼう》中傷動画上げられてる」

「え……」

私と穂華《ほのか》は平手《ひらて》くんのスマホの前で動きを止めた。

それはどうみても学校内で撮《と》られた動画だった。

廊下《ろうか》で男子に囲まれて楽しそうにしている所に『はい、コビ女』。体育で走ってる動画に『わざとSサイズ着てますね、てかただのデブでブタw』。撮影《さつえい》風景を横から撮《と》って『露出狂《ろしゅつきょう》乙《おつ》』……とにかく酷《ひど》い内容だった。平手《ひらて》くんは画面を閉じて、

「今までエロで票を稼《かせ》いできたから、これも作戦のうち、炎上商法《えんじょう》乙《おつ》、これも自分でUPしたんでしょ？　二位になって焦《あせ》ってる……とか言われてる」

穂華《ほのか》はブンブンと首を横に振《ふ》って、

「自分を批判する動画アップして一位になりたい女子なんていないよ！」

私は頷《うなず》く。

「さすがにそれはないと思う」

穂華《ほのか》は、もおおおおお……と叫《さけ》び、

「こういうことするヤツ、ほんとクズ!!　せっかく一位通過したのに気持ちよく喜べないのが、なによりムカつくー！」

本当にその通りで……なによりきっと新山《にいやま》さん、ものすごく傷ついていると思う。

同時に辻尾《つじお》くんも。私の胸はちくんと痛んだ。

「……新山《にいやま》こころ自身は、わりとさっぱりした性格で炎上《えんじょう》商法するようなタイプじゃない」

教室で動画を見た辻尾《つじお》くんははっきりと言った。中園《なかぞの》くんは頷《うなず》いて、

「そう。アイツ自身はそんなヤツじゃねーんだけど、まー女子からは嫌《きら》われるね」

そこに熊坂《くまさか》さんもサササと寄ってきて、

「だって教室ならまだしも、プールで撮《と》ったりしてたじゃない。悪いけど、私だったらすごくイヤだわ、あり得ない」

平手《ひらて》くんも静かに頷《うなず》き、

「マナー違反《いはん》はあったかもしれないね。ＪＫコンにアップされてた画面に映ってる子、ひとりもモザイクもかけてないし、配慮《はいりょ》もまったく見えないからね」

と言った。でもみんなで誹謗《ひぼう》中傷動画を見て、

「だからってコレはないわ〜〜〜」

と呆《あき》れた。本当にそう思う。不満だとしてもやり方を間違《まちが》えている。辻尾《つじお》くんは小さな声で、

「本当にこういうのは良くない」

とはっきり言った。本当にそう思う。

「……悪意の塊《かたまり》……すごいわ……」

品川《しながわ》さんは動画を見て首を横に振《ふ》った。

「コメントも本当にきつくて……イヤですね」

「犯人は分かったの？」

「まだみたいです。それに最終審査《しんさ》が週末、大きな会場であるのに大丈夫《だいじょうぶ》かなって……」

私はうつむいた。

今日バイト先に行ったら、カフェの店長に『なんか吉野《よしの》さん貸せって兄貴に言われちゃったんだよ、だから今日は兄貴の店のほう行ってくれる？』と言われた。兄貴って誰《だれ》だろと思っていたら、品川《しながわ》さんが私のバイト先に顔を出した。

品川《しながわ》さんとはカレーを食べた時に紹介《しょうかい》して貰《もら》って以来、たまに店に顔を出すようになり、分からない問題を教えてもらったりしている。

辻尾《つじお》くんがいう通り、ものすごく分かりやすく教えてくれる方で、一瞬《いっしゅん》でファンになった。

今日はどうやら品川《しながわ》さんが夜働いている塾《じゅく》で、たくさんの人が夏風邪《かぜ》で倒《たお》れてしまったので助けてくれないか……という話だった。

店長が許可してるなら……と連れられるままそこに向かっている。

そこで私は公開されて大騒《おおさわ》ぎになった動画の話をしたのだ。品川《しながわ》さんは、

「今はすぐにネットに上げられちゃうから怖《こわ》いわね。私たちの時代も机に落書きするとかあったけど……それがネットになったのね」

私は静かに頷《うなず》いた。入っているコメントも『投票目当てで目立ちたいなら、あきらめろ。有名税』という趣旨《しゅし》の物が多い。

うちのカフェも床《ゆか》にカメラを置いて女の子たちをローアングルで撮影《さつえい》してる人はいる。データを消させて出禁にしてるけど、それでも無限に湧《わ》いてくる。

でも追い出された人が言っていた「それも含《ふく》めた時給だろ」が頭から離《はな》れない。

でも、盗撮《とうさつ》が含《ふく》まれた時給なんて存在しない。それと同じことだと思う。

品川《しながわ》さんはとあるマンションの前で立ち止まって私のほうを見た。

「さてと。ここよ。中高生の塾《じゅく》なんだけど、奥に綾子《あやこ》さんが経営してる店で働いてるママの子たちもいるの。夜間保育所ってところかしら」

連れてこられたのは、繁華《はんか》街から一歩入った所にあるマンションだった。

一階に『中高見ます』という看板があるが、上は普通《ふつう》のマンションに見える。

中に入ると、受付があり、奥には教室がある普通《ふつう》の塾《じゅく》に見えた。品川《しながわ》さんは塾《じゅく》の中を抜《ぬ》けて中庭から他の部屋に入った。

すると普通《ふつう》のマンションの部屋があり、そこには下は赤ちゃんから小学校低学年までの子たちが走り回っていた。

品川《しながわ》さんは私の両肩《りょうかた》をグッと持ち、

「私ね、これから高校生と中学生見ないといけないの。先生全員倒《たお》れて大ピンチ。だから悪いんだけど小学生の子たち、みてもらっていい？」

「わかりました」

「はいみんな注目、今日のピンチヒッターは吉野《よしの》紗良《さら》さん、優《やさ》しくしてあげてねー！」

「はーーい！」

私が椅子《いす》に座ると、小学生の子どもたちが一気に私を取り囲んだ。

「可愛いー、それウイッグ？」

「うん。そうだよ。お気に入りなの」

「お洋服も可愛いーー！　それスカートなの？　あれ、筆算違《ちが》った？」

「これ、問題書き写すのを間違《まちが》えてるかな」

「えーーもう面倒《めんどう》になってきちゃったぁ」

女の子が文句を言っていると、私のお母さんと同じくらいの年齢《ねんれい》だろうか……恰幅《かっぷく》が良くて笑顔《えがお》が丸い女性がおにぎりを山ほど持って横に立った。

「琴《こと》ちゃん、文句言わずに終わらせないとココアなしにしちゃうよ」

「マシュマロあるなら頑張《がんば》る！　おにぎり食べて良い？」

「いいよ、みんな食べながら宿題してねー！　吉野《よしの》さんもどうぞ。私はここの飯炊《めした》きおばさんだよ、ヨーコだよ、よろしくね」

そう言ってどんどん食事を運んでくる。

子どもたちはそれを食べながら宿題を進めた。

宿題があらかた落ち着くと、ヨーコさんは子どもを膝《ひざ》の上に乗せて抱《だ》っこしながら、

「品川《しながわ》ちゃんの知り合いだって？　私世話になってるのよ、このあと居酒屋で仕事なんだけど、その間品川《しながわ》ちゃんがうちの子と一緒《いっしょ》に寝《ね》てくれてるの」

「なるほど」

少し前に品川《しながわ》さんはシンママがたくさんいるマンションに住んでいると言っていた。

そこではみんなが助け合っているという話だったけど、こういうこと……。

ふわりと香水《こうすい》の匂《にお》いがして顔を上げると、横にかなり身長が高くミニスカートを穿《は》いた人が座って紙を見せた。

「おっしゃ、C判定、良《い》い感じですよ、ヨーコさん！」

「辰美《たつみ》ちゃん、おつかれ。受かりそうじゃない？」

「今年こそ合格しますよ～～！　おにぎり頂きます。あら、可愛《かわい》い子。ホストで風呂《ふろ》沈《しず》んでない？　困ったら相談してね」

そう言って辰美《たつみ》さんはおにぎりを手に取った。

そこに頭に大量のカーラーを乗せてフルメイクをした女性が駆《か》け寄《よ》ってきた。

「辰美《たつみ》さん～～。今月マジでヤバイです～～」

「また貢《みつ》いでるの？　どこのホストぉ？　……あら可愛《かわい》い顔してる！」

「先週入った新人くんなの、今のうちって感じ～！」

「人生の限度額オーバーよぉ～ダメダメ～」

辰美《たつみ》さんはおにぎりを食べながら借金の相談に乗り始めた。

あとでヨーコさんに聞いたら、辰美《たつみ》さんは元男性で、今はキャバクラで働いて行政書士の資格を取るために勉強しているらしい。

すごい……本当に色んな人たちがたくましく……それでいて楽しそうに生きている。

私は場所とパワーに圧倒《あっとう》されつつ、子どもたちが書いた漢字を添削《てんさく》した。それを横で見ていたヨーコさんは目を丸くして、

「……書道してる?」

「そうですね。昔長く習ってました。母に頼《たの》まれてすごい量の手紙を書くので」

「え——、すごい。めちゃくちゃ綺麗《きれい》。これ飾《かざ》ってありそうな文字だね。見て辰美《たつみ》ちゃん」

「げ。すご。なにこれ、手にプリンターとか入ってんの?」

その言葉を皮切りに、子どもたちも集まってきて「すごーい、学校の先生よりきれいー!」と褒《ほ》めてくれた。

今まで頼《たの》まれて書いてきた文字で、褒《ほ》められたことなんてなかったけれど……嬉《うれ》しい。

私は漢字の添削《てんさく》をしつつ、なぜか頼《たの》まれた居酒屋の今日のメニューも書いて時間をすごした。

「吉野《よしの》さん、ここにいるって聞いて迎《むか》えにきたんだけど……」

二十一時ごろ、夜間保育所に辻尾《つじお》くんが現れた。一緒《いっしょ》に遊んでいた子たちが辻尾《つじお》くんを取り

囲む。

「まさか紗良《さら》ちゃんって陽都《あきと》の彼女?!」

辻尾《つじお》くんは子どもの視線になるように膝《ひざ》を折って、

「そうだよ。みんな優《やさ》しくしてね。俺の大切な彼女だから」

「はあああ？　誰《だれ》がのろけろって言ったんだ、あああんん？　陽都《あきと》の分際で！　二度死ね!!」

と理不尽《りふじん》に殴《なぐ》られて、痛そうだけど少し笑ってしまう。

でも人前で「彼女」と言われたのははじめてで、少し嬉《うれ》しくなってしまう。

品川《しながわ》さんに見送られて私と辻尾《つじお》くんは夜間保育所を出た。

辻尾《つじお》くんは私の手を優《やさ》しく握《にぎ》り、

「大丈夫《だいじょうぶ》だった？　俺もたまに駆《か》り出《だ》されるけど、すげーキツいから、あそこ」

「うん。すごく色んな人たちがいて、驚《おどろ》いた」

「井戸端《いどばた》会議みたいな所だから、捕《つか》まると長いし、俺は苦手……すごく疲《つか》れる……」

「仕事はきつかったけど、字を褒《ほ》められて嬉《うれ》しかった」

「あ――、吉野《よしの》さんの文字はすごいよね。勉強してる時に横から見てたけど、ノートがすごく綺麗《きれい》。黒板に書くときもすごいなあと思ってみてたよ。ほら、合宿の栞《しおり》も吉野《よしの》さんが書いてくれたでしょ？　手書きなのにすげーカッコよくて、俺写真に撮《と》って保存してあるもん。これ」

そういって辻尾《つじお》くんは写真フォルダを見せてくれた。

そこには私が合宿用に作った栞《しおり》、それに猫《ねこ》と遊んでる所、エプロン姿で片づけている所、屋上で掃除《そうじ》してる所の写真とか、たくさんあった。

嬉《うれ》しくなってつま先立ちすると、辻尾《つじお》くんは私を抱《だ》き寄せて唇《くちびる》にキスしてくれた。

幸せで嬉《うれ》しくて腕《うで》にしがみつく。私が知らない私が、ここにはたくさんいる。

それに「俺の彼女」だって。

「……辻尾《つじお》くんの彼女？」

「彼女」

「大切な？」

「大切な！」

嬉《うれ》しくて嬉《うれ》しくて少しスキップしながら駅に向かった。

辻尾《つじお》くんが大好き。

一緒《いっしょ》にいると、私が持っているのに見えていないものが見えてくる。自信を持たせてくれる。

そして「ちゃんとしなきゃ」という心の重さが取れて、見えてなかった足元が見え始めている気がする。

第17話　ＪＫコン本番

「おう……話には聞いてたけど、会場デカいな……」

「辻尾《つじお》っち、ビビったら負けですよ?!」

「編集直したくなってきた……」

「もうできませんって!!」

穂華《ほのか》さんに背中を叩《たた》かれて、俺はガクンと身体《からだ》を前に倒《たお》した。

今日はＪＫコン最終審査《しんさ》本番だ。会場は海沿いにある巨大《きょだい》展示場、その中にある大ホールで行われる。ネットで写真を見たことあるけど、来たのははじめてだ。でけー……。

ＪＫコン最終審査《しんさ》は、さくら本部フェスティバルと同時に開催《かいさい》される。

さくら本部フェスティバルはアイドルのコンサートや、アニメのイベント、ゲーム会社のコスプレ大会など、色んな事をひとつの会場で全部してしまおう、全部に興味持ってね！　というアピールがすごい総合イベントだ。

一番お客さんが多いのは、４ＢＯＸから有名になったアイドルグループのファンの子たちだ。

二年くらい前に４ＢＯＸを経てデビューしたんだけど、家庭環境《かんきょう》が複雑なだけで真面目な子を集めていたのが大正解だったようでドームを埋《う》めるところまで人気が出ている。

ＪＫコンのクイーンとキング部門は、歌、演劇、自己表現と全てあり、会場審査《しんさ》で決まり、これを楽しみにきている人も多い。

俺たちが出ている青春JK部門の最終審査《しんさ》は、WEBランキングで三位まで入賞したチームだけが本戦に出場。部活としての活動内容も評価されるので三分の映像と本人のスピーチのみで、会場の審査《しんさ》とWEB投票で決まる。会場で流す映像を作るのも、当然俺の仕事になり、今までの穂華《ほのか》さんの活動を三分にまとめて動画を作った。

もうこれが予想以上に大変だった。

まず三分。短すぎる。

人の話している速度ってそれほど速くない。

テロップで見せることもできるけど、会場にあるモニターの文字なんて簡単に読めない。

盛り上げてくれる会場の人たちに文字が読めなきゃ入れる意味がない。だから何度も作って学校の子たちに見てもらって読めるか確認《かくにん》した。俺は自分で作ってるから全部読めちゃうんだ。はじめて強烈《きょうれつ》に『人の目』を意識して映像を作った。

俺は横を歩く平手《ひらて》に向かって、

「ラスト一週間分の撮影《さつえい》と投稿《とうこう》、全部任せて悪かった。大変だったろ、両方するの」

「最終審査《しんさ》に出ることが決まってからPVがかなりあって、それだけで頑張《がんば》れたね」

「平手先輩《ひらてせんぱい》には本当にお世話になりました。どんどん撮影《さつえい》上手になってて私こんなに可愛《かわい》かったかな？　って何度も思ったんですよ」

穂華《ほのか》さんは嬉《うれ》しそうに飛《と》び跳《は》ねた。平手《ひらて》は「いや、撮影《さつえい》楽しいわ」と恥《は》ずかしそうに頭を掻《か》いた。穂華《ほのか》さんはみんなの前に出て、

「今日の私のスピーチ、ばっちり決めますから、みなさん見ててくださいっ！」

「よし、行こうか！」

俺たちは気合いを入れて会場に入った。

関係者パスを持っているので、ＪＫクイーンコンも、キングコンも裏側からすげー良《い》い席で見学させてもらえた。演技審査《しんさ》や、歌審査《しんさ》。みんな番組として見ていたけど、俺はもう裏方の面白《おもしろ》さを知ってしまったので「そうやって撮影《さつえい》してるのか」と勝手に勉強した。

そしてＪＫコン青春部門の最終審査《しんさ》時間になった。

会場の袖《そで》に入ると観客席が見えてきた。予想よりお客さんが多くて熱気もすごい。ＳＮＳのトレンドも常に載《の》り続けていて注目度の高さを感じさせられる。

平手《ひらて》が俺のすぐ横にきた。

「……なんか怖《こわ》くなってきちゃったよ」

反対側に中園《なかぞの》がピタリときて、

「俺がいつも出てるオフラインイベントよりでけぇ。無駄《むだ》にビビってきた」

すぐ後ろに吉野《よしの》さんも立っていて、

「……思ったより大きなイベントなのね。なんか緊張《きんちょう》してきたわ」

我ら映画部は団子になって少し怯《おび》えてきたが、そこはこういう場所が大好きなアイドル、穂華《ほのか》さんが前に立って胸を張った。

「みなさんはスピーチしないんですよ！　私です、私。私がぜ～んぶひとりでやりますから、見ててください！」

俺はその堂々たる姿に、震《ふる》えながら頷《うなず》く。

「さすがだな。この規模の会場見てもビビらないなんて」

穂華《ほのか》さんはまっすぐ俺を見て、

「超《ちょう》楽しいです、人生で一番テンション上がってます！　平手《ひらて》先輩《せんぱい》写真お願いしても良いですか？　JKコン最後の記念にアップしたいんです」

「りょ」

カメラを渡《わた》された平手《ひらて》は慣れた手つきで穂華《ほのか》さんを撮影《さつえい》した。

やはりこの鬼《おに》メンタルじゃないと戦えない世界だ。俺はいますぐここから逃《に》げ出《だ》したい……

基本根性《こんじょう》が裏方すぎる。

俺たちが団子になり怯《おび》えていたら、見たことある人影《ひとかげ》……宇佐美《うさみ》だった。

俺はそこから踏《ふ》み出《だ》して歩み寄る。

「おい宇佐美《うさみ》。新山大丈夫《にいやまだいじょうぶ》か」

「……ああ、辻尾《つじお》、一ヶ月おつかれ。最後には結構票空けられちゃったな」

「いやうん、宇佐美《うさみ》もおつかれ。新山《にいやま》は？　今日来られるのか？」

「今控《ひか》え室《しつ》で着替《きが》えてる。来てるけどさ……メンタルやばそう」

そういって宇佐美《うさみ》はうつむいた。

あの後、あの動画を作った犯人が分かった。どうやら同じクラスの女子ふたりだったらしくすぐに動画は消されたけどコピーされて拡散は続いている。

それに色んな憶測《おくそく》が飛んでネットでは酷《ひど》い言われようだ。

俺が中学の時に経験したことと重なって、新山《にいやま》がどれほど傷ついたかも分かってキツい。

宇佐美《うさみ》はうつむき、

「俺が応募《おうぼ》したんだ、ＪＫコン。新山《にいやま》、好きでうちの高校来たわけじゃないし、応援《おうえん》したくてさ。最初は普通《ふつう》に写真アップしてたのに、どんどんネタ切れして、もう学校の中でもお構いなしで撮影《さつえい》しまくって。完全に調子に乗ってて周りがどう思ってるかなんて考えてなかった」

俺は宇佐美《うさみ》の言葉を静かに聞いた。

一ヶ月動画を更新《こうしん》し続けるのは本当に大変で、最後には中園《なかぞの》使って逃《に》げていたくらい、わりと疲《つか》れてた。だから宇佐美《うさみ》の気持ちが全く理解できないわけではない。

俺たちが押し黙っていると、穂華《ほのか》さんの順番が来て、スタッフの人が呼びに来た。

穂華《ほのか》さんは俺を見て大きく頷《うなず》いた。

「いってきます！」

大きな舞台《ぶたい》のスポットライトの真ん中に胸をはった穂華《ほのか》さんが歩いて行く。

割れんばかりの拍手《はくしゅ》と共にまず俺が作った動画が会場に流れはじめた。

すげー緊張《きんちょう》するけど、もう逃《に》げ隠《かく》れできない。俺は息を大きく吸い込んだ。

三分の映像は穂華《ほのか》さんがダンス部に体験入部する内容に絞《しぼ》った。

それは穂華《ほのか》さんが部室から窓の外をみて呟《つぶや》くところから始まる。

『私、全部中途《ちゅうと》半端《はんぱ》なんです。踊《おど》れますよ、でも上手じゃない。歌えますよ、でも普通《ふつう》です。話せますよ、でもそれは誰《だれ》にだってできる。フツーなんです。でもみんなが居たら、何かになれるかも知れない。そう思ったんです』

そこから始まるダンス部コラボ。

圧倒的《あっとうてき》なスパイダーに絶句する穂華《ほのか》さん。それでも負けじと提案してK－POPを踊《おど》ることを提案、そして柊《ひいらぎ》さんと打ち解けていく。

そして学校のテラスでみんなに囲まれて立派に踊《おど》り切る。

真ん中で笑顔《えがお》を見せる穂華《ほのか》さんと柊《ひいらぎ》さん。最後はふたりがお揃《そろ》いのリボンをつけて校舎に戻《もど》っていく絵と笑い声で終わらせた。

映像が終わると会場は拍手《はくしゅ》に包まれた。同時に4BOXの団扇《うちわ》を振《ふ》ってる人たちも多い。

出演したことで認知《にんち》度がぐっと上がったようで、大変だったけど正解だった。

穂華《ほのか》さんは舞台《ぶたい》の真ん中でマイクを持ち、顔を上げた。

「穂華《ほのか》です。みなさん投票、ほんとうにありがとうございました！　私、このコンテストに参加して分かったのは、自分が何もできないって事でした。もう少し踊《おど》れると思ってた。もう少し華《はな》がある人間だと思ってた。でも何もなくて。でも私、人が好きだなって気がついたんです。動画編集をしてくれた辻尾先輩《つじおせんぱい》は、芸能界なんて全然興味なくて。私が無理矢理頼《たの》み込んだんです。それなのにダンス部コラボとか４ＢＯＸに応募《おうぼ》する事とか考えてくれて、一ヶ月ずっと撮影《さつえい》してくれて、編集してくれた。最後にこんな……すてきな最終審査《しんさ》の動画……すごくて、私楽しみにしてたから見てなかったんですけど、私、めっちゃ頑張《がんば》ってる人みたい。すご」

思わず泣き出した穂華《ほのか》さんに向かって、会場から「頑張《がんば》ってたよ！」と声が上がる。穂華《ほのか》さんは「ありがとうございます」と頭を下げてスピーチを進める。

「吉野紗良《よしのさら》さんは私の親友のお姉ちゃんなんです。もうメチャクチャな優等生なんですよ。なんでもできていつでも優《やさ》しくてすごいんです。そして、誰《だれ》よりも私の話を聞いてくれる人です。いつも的確で優《やさ》しくて、それでいて頑張《がんば》り屋さんなんです。今回も私に巻き込まれたのになにひとつ文句も言わず、私の横にいてくれる大好きな人。あ、中園先輩《なかぞのせんぱい》はどうでもいいです」

会場から笑いが漏《も》れる。

「平手先輩《ひらてせんぱい》は美術部の人なのに手伝ってくれて。結局こういうのって遊びになりがちなんです。真面目にやってくれる人のほうが少ない。一ヶ月続けるのって本当に大変だし。でも平手先輩《ひらてせんぱい》はいつも私を撮影《さつえい》してくれました。この映像の八割は平手先輩《ひらてせんぱい》が撮《と》ってくれていて、私平手先《ひらてせん》輩《ぱい》がカメラ持ってくれると安心しました。だってぜったい上手に撮《と》ってくれるって分かるんだもん。誰《だれ》よりお世話になった人です、ありがとうございました。そして私をダンス部に入れてくれた柊先輩《ひいらぎせんぱい》。最初はなんだろこの石頭って思ったけど、ダンスに対して真剣《しんけん》でまっすぐで、たくさんのことを教えてもらいました。感謝してます、ほんとこのメンバーで挑戦《ちょうせん》できて良かった！」

そう言って深々と頭を下げた。

そして再びまっすぐ前を見て、

「なによりこれを言いたいって思ってました。ずっと一位だった新山《にいやま》さん。新山《にいやま》さんが一位だったから、私は追うために必死になれました。その新山《にいやま》さんを辱《はずかし》めるような動画をアップした人を私はまっすぐにクソだと思います。私たちはいま、ここに、こうして立っている。でもそれはすべてオモチャにされるためじゃない。私たちは、私たちの意志で、したくてここにいるの。何されたって私たちは好きなことを続けていく。私たちが夢に向かって歩く所を邪魔《じゃま》する権利なんて、誰《だれ》にもない、誹謗《ひぼう》中傷とか、マジでムカつく、絶対ダメ！」

そう言うと会場から割れんばかりの拍手《はくしゅ》が上がった。

なんというか……穂華《ほのか》さんメチャクチャ本番に強いんだな。

横をみると平手《ひらて》も吉野《よしの》さんも泣いていた。中園《なかぞの》は目を細めて楽しそうに拍手《はくしゅ》して笑っている。

そして後ろを見ると、ベンチコートを着て会場横に来ていた新山《にいやま》こころがいた。

その目はまっすぐに舞台《ぶたい》を見ていた。

「おい、新山《にいやま》」

近付いた宇佐美《うさみ》を制して、新山《にいやま》はベンチコートを脱《ぬ》ぎ、同時に制服も脱《ぬ》ぎだした。

「新山《にいやま》、それは」

「いいの。次は私の出番でしょ、いくわ」

そういって大きな拍手《はくしゅ》と共に戻《もど》ってきた穂華《ほのか》さんと入《い》れ替《か》わりで白い水着姿の新山《にいやま》は舞台《ぶたい》に向かって行った。

舞台《ぶたい》に立った新山《にいやま》の姿をみて、会場がどよめく。

俺も思わず息をのんだ。

新山《にいやま》は制服を脱《ぬ》ぎ捨《す》てて、写真にいつもチラリと見えていた白い水着のみの姿だったからだ。

誹謗《ひぼう》中傷動画を流した犯人はクラスメイトで、大きな騒《さわ》ぎになっていた。

それに自分で流したんじゃないかと散々言われている状態での、水着姿。

ざわざわと騒《さわ》がしい会場の中、宇佐美《うさみ》が編集した新山《にいやま》の紹介《しょうかい》動画が流れはじめた。

それは静かな日常。

朝登校して、クラスに入り、授業中に宇佐美《うさみ》のほうを見て微笑《ほほえ》む新山《にいやま》。

休み時間に一緒《いっしょ》に話し、昼休みは男子に混ざってお菓子《かし》を食べる。

放課後はマックで食べて一緒《いっしょ》に帰る……それはどうしようもなく普通《ふつう》の日常だけど、チラチラと常に水着を露出《ろしゅつ》させて見せていて、それが妙《みょう》な雰囲気《ふんいき》。日常の中に潜《ひそ》むエロさと、新山《にいやま》の昭和な雰囲気《ふんいき》がマッチしていた。

動画が終わり、新山《にいやま》がマイクを握《にぎ》って顔を上げた。

「まずは投票して下さった方々に感謝します。そして色々とお騒《さわ》がせしてすいません。私は子どもの頃《ころ》から体形が大人びていて、小学校の時から道を歩いているだけで知らないおっさんに『エッチだね！』と言われました。ランドセル背負って歩いている小学生相手にですよ。最初は意味が分からなくて、高学年になると気持ち悪さだけが残りました。でも私は走るのが好きで、中学の時に陸上部に入りました。楽しかった。そこから少しずつ、自分を好きになっていったんです」

そう言って顔を上げた。

「今回の誹謗《ひぼう》中傷動画はショックでした。でも教室で撮影《さつえい》したり、クラスメイトたちの顔が映っているのにそのまま投稿《とうこう》したり……配慮《はいりょ》が足りなかったのは悪かったと思います。でも」

マイクを強く握《にぎ》り、強い視線で前を向き、

「あんな風に貶《おとし》めて良いはずがない。でも私が問《と》い詰《つ》めたら彼女たちは言ったんです『どうせこれもネタにするだけでしょ。そうやってちやほやされてるだけじゃない。なでなでして貰《もら》えばいいでしょう？　男子に』。それ聞いたときに思ったんです。もったいないなーって。私の話ばっかり。自分の話はなにもしない。怯《おび》えて震《ふる》えてバカみたいって。でもね、さっきまで私、ベンチコート着てここに出るつもりだったんです。怖《こわ》くて。動画も自分で流したんじゃないかって言われてて怖《こわ》くて自分を隠《かく》そうとしてた。でも穂華《ほのか》さんのスピーチ聞いて、イヤになっちゃった」

そう言って舞台袖《ぶたいそで》に立っている穂華《ほのか》さんを見た。

穂華《ほのか》さんはピースをして笑顔《えがお》を見せた。

「私やっぱりなにも悪くない。私、私の身体《からだ》が好きなんです。私は私が好き。何も悪いことしてないわ。これから何度だって傷つく。きっと私が私である限り永遠にね。でも、私は私の好きなことを変えない。それがこのコンテストで私が掴《つか》んだ結論。すごくムカついたけど楽しかった。本当に参加して良かった」

会場から拍手《はくしゅ》が起こった。

新山《にいやま》は深くお辞儀《じぎ》をして舞台《ぶたい》から袖《そで》に戻《もど》ってきた。

穂華《ほのか》さんは一歩前に出る。新山《にいやま》は「敵に塩送られるなんてサイテー。あなた相当頭が良《い》いわね」と口を尖《とが》らせると、穂華《ほのか》さんは目を輝《かがや》かせて、

「本番に強いのは自覚しましたね。ていうか、マジでスタイル良いっスね。筋肉ムキムキじゃないのがすごいっス」

「胸小さくしたくないから、運動は選んでるの。おっぱいは脂肪《しぼう》だから」

「揺《ゆ》らすだけでダメです？」

「垂れるのが早くなるらしいわ」

「マジすか」

そういってベンチコートを羽織った新山《にいやま》と楽しそうに話し始めた。

なんというか……ここまでコミュ強なのはすごいな。

敵に塩を送るどころか、完全に自分の味方にしてる。

話している所を後ろから見ていると、新山《にいやま》が着ているベンチコートは久米《くめ》工業のもので、背中に大きくロゴが入っていた。

作業する時とかに着るんだろうか。

俺はそれを見ながら口を開いた。

「……あのベンチコート着て車整備してさ、中に白水着のほうが絶対バエたのに」

「え？」

その言葉を聞いて俺に寄ってきたのは新山《にいやま》だった。

「こんなのダッサい学校のコートじゃん」

陸上部で一緒《いっしょ》だったけど、盗撮《とうさつ》事件以来一度も話してなかった。

少し緊張《きんちょう》してうつむくと、俺の腕《うで》に温かさを感じた。

横に吉野《よしの》さんがいて、俺は顔を上げた。……大丈夫《だいじょうぶ》。

「工業高校に女子少ない時点で気がつくといい。車整備できる女子なんてレアだし、正直ツナギを着てその下に白い水着着てる方がバエる」

宇佐美《うさみ》と新山《にいやま》は顔を見合わせて呟《つぶや》く。

「……学校だとみんなできるから、考えたことなかった」

俺の肩《かた》を中園《なかぞの》が摑《つか》んでくる。

「制服よりツナギのがどー考えてもエロいっしょ。いいと思うよ、整備女子。なあ、陽都《あきと》」

俺は静かに頷《うなず》いて、

「メカと美少女は鉄板だし、なにより新山《にいやま》には知識がある。そのギャップが面白《おもしろ》いと思うよ。新山《にいやま》の良《い》い所は、身体《からだ》だけじゃなくて、色々あると思う。頑張《がんば》れ」

それを聞いて宇佐美《うさみ》は、頭をガリガリかいて、グッと頭を下げた。

「……中学の時のこと、改めて謝る。俺、お前に嫉妬《しっと》してたんだ。それにマジで何もわかってなかった。新山《にいやま》のことも、全部」

「……もういいよ。昔のことだ」

新山《にいやま》は口を尖《とが》らせて俺の目の前にきて、

「中学の時の話って何？　ていうか辻尾《つじお》くんってやっぱセンスあるー。プロデューサーとしてすごく優秀《ゆうしゅう》なんだね。辻尾《つじお》くんに撮《と》ってもらえば一位取れるかなあ。ねえ来年さあ……」

そして伸《の》ばしてきた手を穂華《ほのか》さんと、吉野《よしの》さんが叩《たた》き落として……俺は笑ってしまった。

強固に守られてて、嬉《うれ》しい。

そして会場中に大きな音楽が鳴《な》り響《ひび》き、スタッフに先導されて全員で舞《ぶ》台《たい》のセンターに向かった。いよいよ結果発表だ。

部活部門だから、全員が舞《ぶ》台《たい》に上がる必要があるのは分かるけど、ライトも眩《まぶ》しいし、観客は奥が見えないほどいるし、熱気がすごい。穂《ほの》華《か》さんの後ろに中園《なかぞの》をセットして後ろに隠《かく》れた。

表に立って何かをする人はこれが気持ち良いっていうんだからすげぇよな。

そして司会者が声を張り上げる。

「JK青春部門、最終審査《しんさ》結果を発表します！」

真っ暗になった会場にドラムロールが鳴り、巨大《きよだい》モニターに結果が発表された。

『青春JK部門・優勝者・穂《ほの》華《か》&映画部』

そして穂《ほの》華《か》さんにスポットライトが当たった。

「やった————!!」

穂《ほの》華《か》さんは大きくジャンプして叫《さけ》んだ。

前後に立っていた平手《ひらて》と吉野《よしの》さんと中園《なかぞの》が俺に飛びついてくる。

「辻尾《つじお》くん、やったわね！」

「勝ったじゃん、すげえ、ほとんどがウチラに投票してるよ！」

「おおおおお、やっぱテンション上がるな!!　うひょおおお〜〜！」

穂《ほの》華《か》さんは大喜びでジャンプして俺に飛びついて、

「辻尾《つじお》っち、ありがとう……うぇーん。ＪＫコン終わっちゃった、楽しかったあああ……」

そう言って号泣《ごうきゅう》する姿を舞台《ぶたい》下からみんながスマホで撮影《さつえい》している。

勝てて良かった……。でも勝利のポイントは俺の動画っていうより、敵さえ飲み込んだ穂華《ほのか》さんのスピーチだったと思う。

だからこれは間違《まち》いなく穂華《ほのか》さんの実力。

いやでも一ヶ月動画作り続けたのは、間違《まち》いなく俺たちだ。勝てて嬉《うれ》しい、良かった！

その後穂華《ほのか》さんはＪＫクイーンやＪＫキングたちと一緒《いっしょ》に取材に追われた。

正直クイーンやキングたちはレベルが違《ちが》う美人とイケメンだったけど、穂華《ほのか》さんは上手に立ち回り、何より楽しそうに話して取材を盛り上げていた。

俺も一応部長として話を聞かれて、なんとか答えた。でもやっぱりああいうのはどうにも苦手だ。俺は裏でひたすら作業してるのが向いてるなあ……と今回の事でよく分かった。

取材を終えて部屋をでると中園《なかぞの》が待っていた。

「陽都《あきと》ー！　もう少しで穂華《ほのか》ちゃんも取材終わるっていうし、打ち上げにカラオケいかね？」

中園《なかぞの》は正直歌が上手《うま》くないから、あまり聞きたくない。笑いながら話していたら、前から高そうなスーツを着た男性が来た。身体《からだ》が大きく日焼けをしていて、眼光が鋭《するど》い。

「辻尾《つじお》陽都《あきと》くんと、中園達也《なかぞのたつや》くんだね」

「はい」

俺は立ち止まった。スーツを着た男性は名刺《めいし》を出して、

「僕はさくらWEBで4BOXを担当してる安城正樹《あんじょうまさき》と申します。いや、穂華《ほのか》さんの良かったよ。あれディレクションしたの辻尾《つじお》くんだよね」

「はい、編集してたのは俺です」

「じゃあ4BOXに出してくれたのも君だ」

「はい、そうです」

「いや、良かったよ。最初はただ区切って出してたみたいだけど、後半から人の目を意識しはじめてたね。審査《しんさ》のPVは完全に観客の感情と視線を意識してた。偉《えら》いよ」

「あ……はい、ありがとうございます」

本当にその通りだ。最初は本数多ければいいんだろ?! と短くして出してたけど、最後のほうは完全に見る人のことを意識して作っていた。安城《あんじょう》さんは、

「若いパワー良《い》いな〜って4BOXスタッフで話してたんだよ。やっぱ青春だよ、青春！ それで夏休み、時間があるなら4BOX手伝いに来ない？ 色々体験できると思うけど」

その言葉に驚《おどろ》いてしまう。

俺が4BOXに関わる？

安城《あんじょう》さんは続ける。

「カッコイイ子も可愛《かわい》い子も山ほどいるんだけど、同じ高校生の視点でそれを見せられる人が

いない。人は顔を見たいんじゃない、ドラマを欲《ほっ》してるんだ」

「まあ……はい……分かる気がします」

「それに君は、人を動かして造る面白《おもしろ》さも知ってる」

その言葉に、ああ……と俺は思った。

今回何が面白《おもしろ》かったって、穂華《ほのか》さんの特性を見抜《みぬ》いて、チャレンジさせ、それをひとつの物語に仕上げるのがすごく面白《おもしろ》かったんだ。

それが何だったのかよく分からず、とりあえず終わった～と思っていたけど、これが『人を動かして造る面白《おもしろ》さ』だとしたら、分かる。安城《あんじょう》さんはチラリと中園《なかぞの》を見て、

「中園《なかぞの》くんもおいでよ。君はすごく冷たい。そこが僕はすごく好きだね」

「なんという酷《ひど》さ。俺ほどハートフルな人間はいないのに」

「JKコンと4BOXコラボってことで、映画部みんなでどう？　夏休みは青春でしょ！」

そういって安城《あんじょう》さんは俺と中園《なかぞの》に名刺《めいし》を渡《わた》した。その場で俺たちはスマホを出させられて、LINEを交換《こうかん》した。曰《いわ》く「名刺《めいし》なんて捨てるっしょ」。……動きが強すぎる。

4BOXにスタッフとして誘《さそ》われるなんてヤバすぎる。でも怖《こわ》くね……？　いや、でも映画部のみんなが居るなら楽しいかな。夏休みも吉野《よしの》さんと一緒《いっしょ》に……？　俺がそう思っていると安城《あんじょう》さんは即《そく》LINEを一通送り、顔を上げた。

「じゃあ連絡《れんらく》する。JKコンを五年見てるけど、ディレクターでスカウトしたいと思った子は、

はじめてだよ。俺たちの仕事は人の魅力《みりょく》で物語を作ることだ。辻尾《つじお》くんは裏側の楽しさを知っているでしょ。俺たちと一緒《いっしょ》に遊ぼう」

じゃあね、と笑いながら去って行った。

俺の中に安城《あんじょう》さんが言った言葉が残った。

『裏側の楽しさを知っている』……それは本当にそうだ。

今回、本当にそれが楽しかったんだ。

第18話　強い気持ちを

すごい。

それしか言えなかった。

穂華《ほのか》は胸を張って舞台《ぶたい》に立ち、自分の言葉で気持ちを伝えていた。

傷ついているはずの新山《にいやま》さんも、自分を誇《ほこ》り、舞台《ぶたい》に立った。

ずっと見ながら思っていた。

……私は？　って。

私は、自分に胸を張れて、自分を好きって言えるかな？

打ち上げに行くと言うので、ロビーで待っていたら、吹《ふ》き抜《ぬ》けの所で辻尾《つじお》くんと中園《なかぞの》くんがスーツを着た男性に話しかけられているのが見えた。

そこに取材を終えた穂華《ほのか》が来た。

「紗良《さら》っち～！　今取材終わった～。……あれ？　辻尾《つじお》っちと中園先輩《なかぞのせんぱい》、さくらWEBの人に声かけられてる……あれ審査《しんさ》の時真ん中にいた4BOXのプロデューサーだよね……」

さくらWEBの人……4BOXって番組がどれだけすごいか、今回のことで知った。

出るだけで一気に人気が出て、学校でも見ている人がものすごく多かった。

そんな人が辻尾《つじお》くんに何の話だろう。穂華《ほのか》は椅子《いす》に座って、

「さっきの取材でもすごく辻尾《つじお》っちのこと聞かれたー。いやあ私やっぱ見る目あるなあ。だって紗良《さら》っちの動画、すっごく良かったもん」

そうだ。始まりは私がミシンをかけていた動画から。

そしてクラスの水風船動画。この前見たらあの動画は二万以上のいいねがされていた。ぜんぶあそこから始まってる。穂華《ほのか》は私のほうを見て、

「紗良《さら》っち、もう辻尾《つじお》っちに告ったほうがいいよ。好きなんでしょ？　逆？　辻尾《つじお》っちが紗良《さら》っちを好き？　もうあの人、ここから結構モテると思うけど」

「!!」

私はその言葉に目を丸くした。

穂華《ほのか》は続ける。

「中園先輩《なかぞのせんぱい》はほっとけって言ってたけど気になって。あれ、ひょっとしてもう付き合ってる？」

「っ……誰《だれ》にも、言わないで」

「あ、やっぱり～。合宿の時に『仲良しだなー』と思ってた。中園先輩《なかぞのせんぱい》のこと、もう好きになりたくないから、辻尾《つじお》っちのが良《い》いな～って思ってたのに」

「穂華《ほのか》?!」

「人のものに興味ないよ。でも気を付けた方がいいよお～。実は私、紗良《さら》っちのママに聞かれ

たよ。部活にはどんな男の子がいるんだって。とくに中園先輩《なかぞのせんぱい》のこと気にしてた。ヤリチンだけど、誰《だれ》にも本気にならない男なんで大丈夫《だいじょうぶ》ですよ～って言っておいたけど」

それを聞かれたお母さんの顔を想像して苦笑《くしょう》してしまう。

私には何も聞いて来なかったけど、穂華《ほのか》にリサーチしてたのね。全然知らなかった。やっぱり私のお母さんは甘くない。穂華《ほのか》は続ける。

「その時、うちのお母さんと話してるの聞いちゃったよ。『友梨奈《ゆりな》は医者になるから、紗良《さら》が私の後継者《こうけい》になってくれたら嬉《うれ》しい』って言ってたよ。紗良《さら》っち、そんなことしたいのかなあ？　って思ってた」

私はそれを聞いて息をのんだ。

後継者《こうけい》にしたい。

実はずっと感じていた、お母さんが私を引き込みたいと思っていることを。

だってボランティアとか奉仕《ほうし》活動に連れていくのは私だけだから。

改めて自分の置かれた立ち位置を知らされた。

「……ありがとう、穂華《ほのか》」

「今回紗良《さら》っち居なかったら、辻尾《つじお》っちここまで手伝ってくれなかったよ。だから間違《まちが》いなく闇《やみ》の王は紗良《さら》っちなんだよ。辻尾《つじお》っちを制したいなら紗良《さら》っちを制すべき。私はそう思ったんです、えっへん」

「私は何もできないわ。本当に穂華《ほのか》のスピーチすごかった。かっこ良かった」

「仕事増えそうです、うれしいいいいい！」

「良かったわね」

話していると辻尾《つじお》くんと中園《なかぞの》くんが吹《ふ》き抜《ぬ》けから下りてきた。

「おまたせ」

「辻尾《つじお》っち、さくらＷＥＢの人と何話してたんですか！」

「いやいや……」

「何の話だったんですかぁ？」

穂華《ほのか》は楽しそうに辻尾《つじお》くんに話しかけて、４ＢＯＸと映画部のコラボの話を聞き出した。

また続くのかな？　楽しかったから、私は良《い》いけど……。

今回のことで穂華《ほのか》に辻尾《つじお》くんとのことを知られてしまったけど、強力な味方ができた……気がする。そして、あれ……？　中園先輩《なかぞのせんぱい》のこと、もう好きになりたくないとか言ってなかった……？　それってもう好きってこと？　あれ？　聞き間違《まちが》い？

「……はあ、中園《なかぞの》が歌いすぎだろ。アイツまじでそんな上手《うま》くねえし」

ＪＫコンが終わり、みんなで打ち上げのためにカラオケボックスに行った。中園《なかぞの》くんと穂華《ほのか》が交互《こうご》に歌い、辻尾《つじお》くんと私はタンバリンを持って踊《おど》り、平手《ひらて》くんはずっと撮影《さつえい》をしていた。

私は辻尾《つじお》くんの手を握《にぎ》り、

「カラオケ、すごく楽しかった。私、友梨奈《ゆりな》につれて行かれたことはあるけど、クラスメイトとカラオケ行ったのは初めて」

「えっ……じゃあもっと歌って貰《もら》えば良かった、吉野《よしの》さんすごく上手だったのに、一曲しか歌わなかったよね」

「新しい曲をあまり知らないのよね。それよりタンバリン叩《たた》いて踊《おど》ってるほうが楽しかった」

「うん楽しかった、いや——、この開放感、マジで最高。あー、終わったー‼」

そう言って辻尾《つじお》くんは空に向かって叫《さけ》んだ。私は手をキュッと握《にぎ》り、

「あのね、会場で流れた動画本当に感動した。今まで私たちがしてきたこと、ぜーんぶ思い出したのよ。辻尾《つじお》くんとはじめて部室に行った時の埃《ほこり》っぽさとか、一緒《いっしょ》にダンス部の部室に行って柊《ひいらぎ》さんと話した時の緊張《きんちょう》とか、あの短い動画を見ただけで、全部思い出したの。なんかすごく温度がある……気持ちがよく分かる動画だったと思う。すごく良かったよ」

会場で流れた辻尾《つじお》くんが作った動画は、短かったけど、印象に残る絵がすごく多かった。まっすぐな穂華《ほのか》の視線も、それを見つめるみんなの力強さも。それがちゃんと『人を見て撮《と》ったんだな』と分かるものになっていた。ただの動画じゃなくて、瞬間《しゅんかん》を切り取った『気持ち』のようなもの。

「すっごく、辻尾《つじお》くんが作った動画だなって思ったよ」

そう伝えると、辻尾《つじお》くんは目尻《めじり》を優《やさ》しく下げて、

「……俺さ。マジで色んな人にすげー褒《ほ》められたけど、全部ただ吉野《よしの》さんに褒《ほ》められたくてやってただけなんだよね。かっこ悪いで終わりたくなかったから」

「すごくかっこ良かった！」

「ありがとう。……やべー。一位決定した時より嬉《うれ》しい」

そう言って辻尾《つじお》くんは私にぎゅーっと強く抱《だ》きついた。私は辻尾《つじお》くんに強く抱《だ》きしめられたまま、決意した。次は私の番だ。

「ただいま」

「おかえりお姉ちゃん、穂華《ほのか》が全然ＬＩＮＥ返さない～～あいつすでにミラクル天狗《てんぐ》じゃね？　もう家に帰ってる？」

「さっき帰ったはずよ。でもお祝いが殺到《さっとう》しててスマホの電源落としてたわ」

「柊《ひいらぎ》さんって人と仲良しで嫉妬《しっと》～。穂華《ほのか》は私のでしょ！　許せないからお祝いと一緒《いっしょ》に殴《なぐ》ってくる」

「……ほどほどに？」

「はあい。お姉ちゃんもおつかれさま！」

友梨奈《ゆりな》はそう言って家を飛び出して行った。

ＪＫコンが終わって数時間経《た》つのに、ＳＮＳのトレンドを独占《どくせん》していた。

そこには新山《にいやま》さんの動画と、穂華《ほのか》のスピーチが何度も流れていた。そして誹謗《ひぼう》中傷するヤツは許さないと言い切った姿にクイーンやキングより賞賛が集まっていた。

リビングに入るとお母さんが台所から顔を覗《のぞ》かせた。

「おかえり、紗良《さら》。疲《つか》れたでしょう、プリンあるわよ」

「ただいま。食べたいな」

「あとね、来週末またお寺の幼稚園《ようちえん》で奉仕《ほうし》活動があるの。手伝ってくれない？」

私はそれを聞きながら荷物を置いて手を洗い、椅子《いす》に座った。

お母さんはプリンを出してオレンジジュースを準備してくれた。

私はジュースを飲んでスマホを取りだしてサイトを表示させた。

「あのね、私。今はカフェでバイトしてるんだけど、ここにバイト先を変えようと思ってる」

お母さんは椅子《いす》に座り、

「ん？　どこ？　……あら夜間保育所。え？　どうして？　なんでこんな所に？」

「少しお手伝いしたことがあって。そこで働きながら行政書士の資格を取ろうとしてる人がいて、すごいなって思ったの。すてきな人が多いから出入りしてみようと思って」

お母さんは首を横に振《ふ》って、

「紗良《さら》、夜間保育所なんて大変よ。弁護士になりたいと思うのは素晴《すば》らしいわ。それなら塾《じゅく》に入りましょう、良《い》いところがたくさんあるわ。そして私付きの弁護士に……」

「お母さん、私、弁護士になりたいなんて一言も言ってない。それに政治家には絶対ならないよ。向いてないから」

私は断《た》ち切《き》るように、はっきりと言った。

お母さんは少し慌《あわ》てて椅子《いす》に座り直し、

「ねえ、ちょっとまって。突然《とつぜん》どうしたの？　ここは企業《きぎょう》主導型の保育施設《しせつ》ね？　こういう所は子どもにたいして興味もないのに補助金目当ての企業《きぎょう》が殺到《さっとう》して最悪の状態になってるの。民営化が進みすぎた福祉《ふくし》事業は止めなきゃ。こういうことこそ、国が責任を持って進めるべきなのよ。福祉《ふくし》事業は民営化したからこそ、賃金や質の低下が叫《さけ》ばれてる。そういう声を届けていくのもお母さんの仕事。ノーベル経済学賞を受賞した教授の話だとね……」

私は静かに首を横に振《ふ》った。

違《ちが》う、そんな話をしてるわけじゃない。

私は顔を上げる。

「ねえ、お母さん、今、討論会じゃないよ。私の話をしてるんだよ」

「あなたは私の娘《むすめ》でしょう！」

お母さんは声を荒《あら》げて叫《さけ》び、矢継《やつ》ぎ早《ばや》に話す。

「お父さんと私でやっとここまできたの。このまま繋《つな》いでいけば根っこから世界を変える人になれるの。夜間保育所で働くんじゃない、そんなの誰《だれ》でもできるわ。紗良《さら》は違《ちが》う、そういう不幸な女の人を生み出さない世界を作る人になれる。そこまで行くためには一代では無理。お父さん、私、紗良《さら》が繋《つな》いで、その先にやっと届くのよ、紗良《さら》にしかできないことよ！」

「娘《むすめ》の私ひとりの話を聞けない人が、国民の声を聞けると思えないけど」

「そういう話をしてないでしょう！」

「そういう話を、今したくて、目の前にいるんだよ。そういう話をお母さんとしたいのに……」

染《し》み出すように話しながら気がつきはじめた。

私はずっとお母さんに憧《あこが》れていた。強くてカッコいいお母さん。

跡継《あとつ》ぎになりたい、なれる自分になりたいっていてきっと心のどこかで思ってた。

ううん、違《ちが》う。その道を選ばないとお母さんに褒《ほ》めてもらえない、一家の一員として認めてもらえないと思っていた。

すごくお母さんが、好きだったんだ。

お母さんに好かれる私になりたかった。お母さんみたいになりたかった。

好きな人に、好きって思ってほしかったの、絶望される私なんて嫌《きら》いだった。

でも違《ちが》う、私は『こんな風にしか子どもに接することができない人になりたくない』。

私は顔を上げた。

「お母さんはいつも私に言う。『紗良《さら》は他に何ができるの？　何もないなら今できることをしなさい』……でもね、私できることたくさんあるよ。人と話すのは好き。子どもも大人も好き。そんなのお母さんのが上手にできるから、得意だと思ってなかった。基準がお母さんだったからなんだね。お母さんは政治家だもん。そりゃ上手だよ」

これは辻尾《つじお》くんのバイト先で気がついた。

そんなに得意じゃないって思ってたけど、基準が間違《まちが》ってた。

いろんな人と話すのもそれを広げていくのも繋《つな》がっていくのも好き。

「文字を書くのも好き。ずっと書かされてると思ってたけど、ずっと書いていたからだね。運動もきっと、そんなに嫌《きら》いじゃない。比べる対象が友梨奈《ゆりな》だったからダメだったの。だって都大会に出てる子より速いんだもん、当然負けるよね。何もなくない。今持ってるの、たくさんある。それに気がついてきたの。お母さん、私がこんな風に思ってること、知らなかったでしょう？」

そういうと、お母さんは何か言いたげに顔を上げて、でも口を閉ざしてうつむいた。

私も最近まで知らなかったの、こんなにたくさんのものを持っている自分を。

全部全部、辻尾《つじお》くんが一緒《いっしょ》だったから、みんなが居たから気がついたの。

何をしても上手にできない、必死に頑張《がんば》って一人前だと思っていたけど、もう持ってるもの、たくさんある。持ってるのに分かってないものも、きっとたくさんある。

「お母さん、私ね、今日一緒《いっしょ》にテレビに出ていた辻尾《つじお》陽都《あきと》くんに告白されたの」

「えっ?! さっき一緒《いっしょ》にテレビに出ていた男の子? えっ……?!」

「私も好きなの、付き合っていいかな」

お母さんに好かれる自分を演じるのはやめる。

私は、私の好きなことを、ちゃんと真ん中において、私が今できることを認めて胸を張って。

お母さんに憧《あこが》れてた私じゃない、これからの私を見つけていく。

◉コイル著作リスト

「いつもは真面目な委員長だけどキミの彼女になれるかな？」（電撃文庫）
「いつもは真面目な委員長だけどキミの彼女になれるかな？2」（同）

本書に対するご意見、ご感想をお寄せください。

ファンレターあて先
〒102-8177　東京都千代田区富士見2-13-3
電撃文庫編集部
「コイル先生」係
「Nardack先生」係

本書は、2022年から2023年にカクヨムで実施された「第8回カクヨムWeb小説コンテスト」で特別賞(プロ作家部門)を受賞した「いつもは真面目な委員長だけどキミの彼女になれるかな?」を加筆修正したものです。

電撃文庫

いつもは真面目《まじめ》な委員長《いいんちょう》だけどキミの彼女《かのじょ》になれるかな？2

コイル

2024年１月10日　初版発行

発行者　山下直久
発行　株式会社KADOKAWA
〒102-8177　東京都千代田区富士見2-13-3
0570-002-301（ナビダイヤル）
装丁者　荻窪裕司（META＋MANIERA）
印刷　株式会社暁印刷
製本　株式会社暁印刷

●お問い合わせ
https://www.kadokawa.co.jp/（「お問い合わせ」へお進みください）
※内容によっては、お答えできない場合があります。
※サポートは日本国内のみとさせていただきます。
※Japanese text only

※定価はカバーに表示してあります。

ISBN978-4-04-915446-7　C0193　Printed in Japan

電撃文庫　https://dengekibunko.jp/

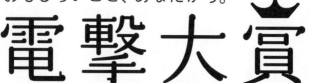